Evelyne Stein-Fischer
Mama, Papa & ICH

Evelyne Stein-Fischer

Mama, Papa & ICH

J&V

Dieses Buch gehört: Marisa

3. Auflage 1992

ISBN 3-224-11243-3 Jugend und Volk Wien

Umschlag: Evelyne Stein-Fischer
unter Anwendung einer Illustration von Franz Hoffmann
Druck und Bindung: M. Theiss Ges.m.b.H., 9400 Wolfsberg

Inhalt

Für meine Tochter Nina

Tausche karierte Schokolade gegen japanischen Onkel

Wenn Birgit bloß nicht immer so angeben würde! Jeder in der Klasse weiß, daß sie daheim drei Klos, drei Badezimmer, zwei Schäferhunde und einen eigenen Fernseher hat. Und alle Kassetten von Mandy Mo, der besten Rockgruppe, seit es karierte Schokolade gibt.

Die grün-orange-blau-karierten Tafeln sind meine Lieblingsschokolade. Heute früh hat Birgit in der Pause sogar behauptet, daß sie einen japanischen Onkel hat, einen Cousin ihrer Mutter. Dabei wissen alle in der Klasse, daß Birgits Mama aus dem Burgenland kommt. Vielleicht stammt der japanische Verwandte noch aus der Zeit der Dinosaurier, ich meine, daß die Vorfahren von Birgits Familie – also die Ur-ururvorfahren – möglicherweise aus Japan sind. Dinosaurier sind übrigens meine Lieblingstiere. Ich bin auch schon echt einem begegnet, aber davon berichte ich später. Ich habe noch keinem davon erzählt. Weil ich nicht angeben will wie Birgit.

Obwohl sie sich immer mächtig aufplustert, sind ich und Birgit Freundinnen. Die Mama meint zwar, ich sollte nicht immer mich zuerst nennen, weil das unhöflich ist, aber ich will machmal unhöflich sein.

Am Nachmittag hat der japanische Onkel überraschend meine Freundin von der Schule abgeholt. Er hat überhaupt nicht japanisch ausgesehen. Seine Augen sind blau wie meine und kein bißchen schräg. Seine Haut ist rosig wie ein reifer Pfirsich, und rund um sein Kinn wächst ein Bart wie ein verkehrt hängender Kaktus. Sein Haar ist auch nicht schwarz und glatt, sondern blond und gewellt wie die Dauerwellen von unserer Lehrerin.

»Du siehst mich ja an, als sei ich ein Marsmensch!« hat der japanische Onkel lachend ausgerufen und mir die Hand entgegengestreckt.

»Ich heiße Harald Kaiser«, hat er freundlich gesagt.

In Japan hatten sie noch vor kurzem einen Kaiser, ist es mir durch den Kopf geschossen. Aber der hier wird es wohl nicht sein.

Am nächsten Tag hat mir Birgit alles erklärt: Der pfirsichrosa Onkel ist in Wirklichkeit ein Burgenländer, der schon lange in Japan lebt und neben der japanischen Staatsbürgerschaft auch eine Fabrik für Micky-Maus-T-Shirts besitzt.

»Mein Onkel zählt zu den reichsten Leuten im Land«, hat Birgit großspurig behauptet, und alle in der Klasse haben es geglaubt.

»Von so einem tollen Onkel würde ich mir glatt einen Videorecorder wünschen«, hat Oliver neben mir gemeint.

Ich hab' fast hören können, wie es in Birgits Hirn geknackt hat.

»Er hat mir auch wirklich einen mitgebracht«, hat sie gesagt. »Und japanische Briefmarken! Ich hab' Briefmarken aus der ganzen Welt. Sogar aus Schottland von meiner Brieffreundin und aus Australien, weil dort eine Tante von mir lebt.«

»Ich kann dir Briefmarken aus Ägypten zeigen«, hat Patrick gesagt. »Meine Schwester hat nämlich einen Ägypter geheiratet.«

Dann haben sich Birgit und Patrick ausgemacht, Marken zu tauschen, und das hat mich besonders geärgert, weil ich Patrick mag.

Birgit behauptet, daß ich in ihn verliebt sei, aber das weiß ich selber nicht, und wenn, würde ich das nie zugeben.

Ich weiß jedenfalls, daß ich nie Post bekomme. Weil ich weder Verwandte noch Brieffreunde habe. Wie sollte ich auch jemandem in Englisch schreiben? Ich bin froh, wenn ich auf Deutsch zehn Zeilen ohne Rechtschreibfehler hinkriege.

Am Sonntag habe ich dann den Onkel näher kennengelernt. Er hat mich und Birgit auf den Rummelplatz eingeladen. Dort haben wir uns zwischen Achterbahn und Schießbude den japanischen Onkel geteilt. Weil ich mir nämlich schon lange so einen lustigen Verwandten wünsche, der mich zu meinem Geburtstag anruft und mir ein Päckchen schickt. Alle meine Klassenkameraden haben jede Menge Onkel, Tanten, Cousins und Cousinen. Ich habe nicht einmal Großeltern.

In meiner Familie gibt es nur Mama, Papa und mich.

Ich hätte auch gerne einen Hund wie Birgit, es müssen ja nicht gleich zwei sein, oder eine Katze, wie bei Oliver. Aber ich habe nicht einmal ein Meerschweinchen, weil es keines gibt, das so klein ist, daß man es nicht sieht. Einen Goldfisch würden mir die Eltern erlauben, aber den kann ich nicht streicheln und schon gar nicht mit ins Bett nehmen.

Eine Oma oder ein Opa wäre mir auch recht. Geschwister brauche ich eigentlich keine. Ich habe nämlich keine Lust, auf einen kleinen Bruder aufzupassen oder abgetragene Sachen von einer älteren Schwester anzuziehen. Ich will auch nicht, daß jemand meine Kassetten durcheinanderbringt oder die letzte Portion Vanillepudding aus dem Eiskasten wegißt und meine karierte Schokolade anknabbert.

Von Birgit und Oliver weiß ich, daß Geschwister eine Plage sind.

Also außer einem Meerschweinchen und Großeltern hätte ich gerne einen lustigen Onkel. So wie Birgits Onkel einer ist. Oder so einer wie auf dem Foto von den hundert Weihnachtsmännern in New York.

Ich habe nämlich einmal ein Bild in einer Zeitschrift gesehen, wo als Weihnachtsmänner verkleidete Studenten in einem Universitätssaal saßen. Daß es der Saal einer Universität war, stand unter der Abbildung geschrieben. Die Studenten mußten dort lernen, wie man ein guter Weihnachtsmann wird. Echt. So einen Onkel hätte ich gerne. Und daß man sich einen Verwandten auswählen kann, weiß ich von Oliver. Der hat sich unter den Freundinnen seiner Mutter eine Tante ausgesucht. Jetzt zählt die Wahltante zur Familie und muß Oliver an jedem Namenstag und an jedem Geburtstag etwas schenken.

So einfach ist das.

Deshalb ist mir auch auf dem Rummelplatz die Idee gekommen:

»Bist du einverstanden, wenn wir uns deinen Onkel teilen?« habe ich Birgit gefragt.

»Meinetwegen«, hat sie überraschend eingewilligt. »Ich hab' ohnehin noch vier Onkel in Amerika, einen in Australien und jede Menge Tanten.«

Ich habe Birgit dafür eine doppelte Ration meiner karierten Schokolade angeboten. Die halbe Schokolade gegen den halben Onkel. Dann haben wir Onkel Harald von dem Tausch berichtet.

Er ist völlig verblüfft gewesen und hat langsam etwas gesagt. Aber die Schreie von den Leuten auf der Achterbahn und das Ballern vom Schießstand haben seine Worte geschluckt. Sein Mund ist auf- und zugeschnappt, aber verstanden haben wir nichts. Der frischgebackene Onkel hat in diesem Augenblick mit seinen großen blauen Augen ein bißchen wie ein Karpfen ausgesehen.

Aber *das* habe ich ihm nicht gesagt.

Das erste, was ich und Birgit verstanden haben, war: »Das müssen wir feiern! Und zwar mit einer Fahrt auf der Achterbahn.«

Onkel Harald hat drei Fahrkarten gelöst, und wir sind in einem engen blauen Wägelchen ratternd eine schmale, steile Schiene hinaufgekrochen, höher und höher, fast bis in den Himmel. Plötzlich hat es einen Ruck gegeben, und wir sind im Sturztempo hinuntergebraust, hinein in ein endloses Loch. Unser gemeinsamer Schreckensschrei ist weit über die Dächer der Schaubuden und des Ringelspiels geflogen.

Dann hat uns Onkel Harald glitzerweiße Zuckerwatte gekauft, ohne mich daran zu erinnern, daß Zukker schlecht ist für die Zähne. Und einen dicken, dampfenden Maiskolben mit ordentlich viel Salz drauf, ohne zu warnen, daß zuviel Salz der Gesundheit schade.

»Und jetzt? Was wünscht ihr euch nun?« hat Onkel Harald nach der Achterbahnfahrt gefragt.

»Ich wünsche mir, daß du mich einmal von der Schule abholst«, habe ich gesagt. Weil es schön ist, wenn jemand vor dem Schultor steht und sich freut, wenn man herauskommt.

»Das läßt sich schon machen, daß ich dich hin und wieder abhole«, hat er gemeint. »Wo ich doch jetzt dein halber Onkel bin. Ich bleibe ungefähr fünf Wochen hier, da habe ich zwischen den Geschäftsterminen Zeit.«

»Am besten wäre, wenn du dienstags zur Schule kommst«, habe ich vorgeschlagen.

Da hat Birgit nämlich Ballett, und ich hätte den Onkel für mich allein.

Birgit ist nicht dumm. »Brauchst keine Angst zu haben, daß ich mitkomme«, hat sie gemeint. »Über *deine* Hälfte vom Onkel kannst du allein verfügen!«

Was Mama mit einem Uhu gemeinsam hat

Heute ist also Dienstag.

Ich sitze mit Onkel Harald auf einer Parkbank im Schatten. Wir essen karierte Schokolade und Gummibärchen. Ich soll ihm etwas über Papa und Mama und mich erzählen. Er will schließlich wissen, wer seine neue Familie ist.

Warum fallen mir bloß lauter dumme Sachen ein, wenn ich an Papa und Mama denke?

Meine Eltern sind schrecklich unordentlich. Man könnte meinen, daß nicht drei, sondern mindestens zehn Personen in unserer Wohnung hausen. Die Mama meint nämlich, wichtig sei nur ein ordentlicher Charakter und daß man sich wäscht und nicht wie ein Sandler aussieht.

Manchmal feiern wir sogar eine richtige Chaos-Party. Wir haben ein Picknick mitten auf dem Teppich, und wer am schnellsten seine herumliegenden Sachen weggeräumt hat, bekommt einen Preis: zehnmal springen auf der Luftburg, das ist das Bett meiner Eltern, das zum Trampolin wird, oder einmal Segelschiffahrt nach Afrika. Da darf ich soviel Schaum in der Badewanne machen, daß das Wasser wie Millionen winziger Seifenblasen glitzert, und dann vom Badewannenrand rutschen, daß es Wellen schlägt, die überschwappen. Sauber machen müssen die, die keinen Preis gewonnen haben.

Unsere Wohnung sieht ein bißchen aus wie Afrika, weil die Mama nämlich leidenschaftlich Pflanzen und besonders Palmen sammelt. Manchmal träume ich, daß alles Grün, das bei uns zu Hause an den Wänden rankt, hängt und sprießt, einmal zuwächst wie im Urwald und wir uns nur noch durch Rufen gegenseitig finden können.

Dem Papa gefällt das Grün und auch die Unordnung. »Es lebe das Chaos!« sagt er.

Das Durcheinander braucht er zum Arbeiten. Sagt er. Der Papa ist nämlich Werbetexter und hat viele verrückte Ideen. Ein paar gute sind auch darunter.

Seine beste Idee war die Werbung für eine zusammenfaltbare Spielwiese, die sich in jedem Garten mühelos auflegen läßt. Der Hersteller der Spielwiese war nach dem dritten Fernsehspot pleite, und wir durften die Wiese behalten. Sie liegt in unserem kleinen Garten, umrahmt von Ribiselsträuchern und einem mickrigen Zwetschkenbaum. Mein Papa ist nämlich wahnsinnig verspielt. Außerdem ist er eine Kitzelmaschine. Er kitzelt mich so lange, bis ich kaum mehr Luft kriege. Dann muß mir Mama zu Hilfe eilen und mich aus den Klauen des Kitzelmonsters befreien.

Aber *das* erzähle ich nicht.

»Du sagst ja gar nichts«, ertönt Onkel Haralds Stimme neben mir.

»Ich weiß nicht, wo ich beginnen soll«, sage ich achselzuckend.

»Am besten am Anfang«, meint Onkel Harald.

Das ist genau wie in der Schule. Da kratzen fünfundzwanzig Füllfedern über das Papier, und ich sitze da, und mir fällt nichts ein. Erst wenn ich entdecke, daß Oliver neben mir nur so tut, als würde er schreiben, in Wirklichkeit aber seine komischen Schiffe malt, die wie Hausschuhe mit Löchern aussehen, geht es mir besser.

Onkel Harald sitzt da und wartet, daß ich etwas sage. Er will wissen, wie ich meine Familie sehe.

Ich sehe sie in allen Farben. Sehr bunt und ein bißchen ausgeflippt. Papa mit seinen verrückten Krawatten, die gar nicht zu seinem Alter passen. Mama mit ihren leuchtend roten Haaren, ihren wilden Ohrringen und den bunten Hosen.

Wenn die Mama in der Früh aufsteht, sieht sie aus wie ein zerrupfter Uhu. Ihre Haare stehen in kleinen kurzen Büscheln nach allen Richtungen vom Kopf ab, nur am Hinterkopf sind sie vom Liegen plattgedrückt.

Wenn Licht auf ihre Haare fällt, erinnern sie an die Strahlen von einem Sonnenuntergang in Griechenland. Dort war ich nämlich schon. Die Sonne in Griechenland kenne ich gut.

Die Mama hat wunderschöne Augen. Aber sie umrandet sie ganz dick mit Kajalstift. Das sieht schrecklich aus und erinnert auch an einen Uhu.

»Meine Mama hat wunderschöne Augen«, sage ich endlich. »Braune.«

Eichhörnchenbraune. Aber das behalte ich für mich. Ich will nicht, daß Onkel Harald meine Mutter als Eichhörnchen sieht. Obwohl sie sehr klein ist. Ich reiche ihr schon fast bis zur Schulter, und das ärgert sie. Der Papa nennt die Mama Floh, und auch unsere Freunde und Bekannten rufen sie so. Aber als Floh soll ein Fremder die Mama erst recht nicht sehen. Habe ich eben »Fremder« gedacht?

»Was schaust du mich denn plötzlich so komisch an?« fragt Onkel Harald. »Ist was? Ist meine Nase nicht mehr in der Mitte?«

»O ja! Aber ich hätte eigentlich lieber etwas von dir gewußt.«

»Ich habe vier Kinder«, erzählt Onkel Harald. »Ono, Mia, Parashuti und Yoko. Sie sind vier, sechs, acht und dreizehn Jahre alt.«

»Streiten sie untereinander?«

»Und wie! Sie streiten, daß die Fetzen fliegen und die Spatzen von den Dächern purzeln. Aber wenn sie sich dann versöhnen, ist es doppelt schön.«

Bei uns fliegt auch einiges durch die Wohnung, denke ich: Schuhe, Äpfel und Seifenblasen. Ohne daß wir vorher streiten.

Der Papa schleudert regelmäßig beim Nachhausekommen seine Schuhe in die Abstellkammer, meistens trifft er den Besen oder das Staubsaugerrohr, und es poltert fürchterlich. Dafür lasse ich Seifenblasen aus meinem Zimmer in den dunklen Vorraum hineinschweben, wo sie besonders schön leuchten. Und wenn der Papa im Wohnzimmer einen Apfel möchte, wirft ihn die Mama von der Küche aus hinüber. Einmal hat der Papa nicht gut gefangen, und der Apfel ist in seine volle Kaffeetasse geknallt. Der Papa, das

Tischtuch und die Tapete waren braun gesprenkelt wie ein Tigerfell.

Auch das will ich nicht erzählen.

»Jetzt bist wieder du dran«, fordert mich Onkel Harald auf.

»Ich habe keine Geschwister«, sage ich. »Ich bin ein Einzelkind. Eigentlich geht's mir gut. Meine Eltern hätten auch gar keine Zeit für ein zweites Kind. Meine Mama arbeitet nämlich in einer Buchhandlung, und manchmal sitzt sie auch nachts über ihrer Arbeit und schaut sich Stöße von Buchprospekten an, um einen bestimmten Titel zu finden oder um neue Bücher fürs Geschäft auszusuchen. Und meistens liest sie die halbe Nacht.«

»Lesen ist eines meiner liebsten Hobbys«, sagt Onkel Harald.

»Aber bestimmt nicht die Bücher, die die Mama verkauft«, wende ich ein. »Weißt du, was über ihrem Geschäft in lila Buchstaben geschrieben steht? BÜCHER ZUR SELBSTFINDUNG UND FÜR EINE GESUNDE LEBENSWEISE.«

»Das klingt doch gar nicht schlecht!«

»Es ist stinklangweilig. Ich verstehe auch gar nichts davon. Nicht einmal die Titel von den Büchern. Da gibt es so komische Sachen wie: ‚Heilung durch Stille' und so. Wenn *ich* still bin, fragen mich die Eltern gleich, ob ich krank bin. Und seltsame Buchtitel wie: ‚Fasten – eine Reinigung für Körper, Geist und Seele'! Den Geist und die Seele habe ich schon oft gesucht, aber noch nie gefunden. Die Mama hat nur solche

Bücher, Kinderbücher hat sie keine im Geschäft.«

»Ich habe mir als Kind immer gewünscht, daß mein Vater Feuerwerkskörper oder Spielzeugeisenbahnen verkauft. Und weißt du, was er verkauft hat? Schrauben! Schrauben für alle möglichen Werkzeuge und technische Geräte. Damals habe ich gelernt, daß man so ziemlich alles brauchen kann. Und daß oft der kleinste Teil das wichtigste Stück in einem großen Ganzen ist.«

»Jetzt redest du fast wie meine Mama, seit sie in dieser komischen Buchhandlung arbeitet«, sage ich. »Ich habe dort sogar einmal ein Buch entdeckt, das ‚Das dritte Auge' heißt. Aber auch dieses dritte Auge habe ich bei keinem Menschen finden können. Die Mama sagt, daß man es nicht sieht. Es ist so ähnlich wie mit der Seele.«

»Stimmt.« Onkel Harald nickt.

»Mir war die Mama aber lieber, als sie noch Sekretärin in einem Verlag war. Weil sie da auch nachmittags daheim war und mir noch kein Energiemüsli zum Frühstück verabreicht hat und keine Gesundheitssäfte.«

»Wenn du mehr Energie hast, lernst du leichter und wirst nicht so schnell müde!«

Das ist aber gar nicht mehr der Onkel Harald vom Rummelplatz, denke ich enttäuscht. Alle Erwachsenen sind gleich. »Die sogenannten Bücher zur Selbstfindung sind überhaupt ein Blödsinn«, fahre ich streitsüchtig fort. »Wozu soll man sich selber suchen? Ich schaue fest in den Spiegel und kann mich ganz klar darin sehen!«

»Man versucht den zu entdecken, der *hinter* dem Spiegel ist«, sagt Onkel Harald sanft. »Man versucht, in sich hineinzuschauen und das wahre Ich zu finden. Mein wahres Ich hat jetzt zum Beispiel Hunger. Gehen wir auf eine Pizza?«

Das ist der beste Satz an diesem Nachmittag.

Was der Papa mit Toilettepapierrollen macht

In der Pizzeria wählen wir einen kleinen Tisch ganz nahe dem Backofen. Ich schaue gerne zu, wenn der Pizzakoch den frischen Teig mit einer flinken Drehbewegung hochwirbelt und geschickt wieder auffängt. Das macht er ein paarmal hintereinander, bis die Form ganz dünn ist und tellergroß. Ich muß es auch einmal ausprobieren, aber wahrscheinlich bleibt dann die rohe Pizza an der Zimmerdecke kleben.

Der Papa könnte es jedoch einmal versuchen, der kocht nämlich gerne. Wenn die Mama kocht, dann nur vor Wut. Immer dann, wenn der Papa ein köstliches Menü ankündigt und vor seinen dampfenden Töpfen steht, eine Menge Geschirr anpatzt und es hinterher nicht abwäscht. Das macht ohnehin die Geschirrspülmaschine, meint er. Irgendwie müssen die schmutzigen Teller, Gläser und Pfannen aber in die Maschine hinein, und solange wir keinen Hausroboter haben, muß die Mama das erledigen und die Küche wieder in Ordnung bringen.

»Kannst du kochen?« frage ich Onkel Harald.

»Ich koche das heißeste Teewasser in der ganzen Stadt«, antwortet er lachend. »Und du?«

»Ich serviere die dottrigste Eierspeise im ganzen

Land. Du kannst dich davon überzeugen, wenn du uns besuchst.«

»Abgemacht!« Onkel Harald schlägt mit der flachen Hand auf den Tisch, sodaß unsere vollen Gläser hochhüpfen und Rotwein und Apfelsaft überschwappen. »Siehst du«, meint Onkel Harald und deutet lächelnd auf die orangeroten Farbtupfer, »deswegen gehe ich am liebsten in ein Restaurant. Ich mache nämlich immer Flecken. Eine richtige Fleckenmalerei in Wein- und Saucenfarben. Da sind mir fremde Tischdecken lieber als meine eigenen.«

»Der Papa patzt auch immer herum«, entwischt es mir.

»Sehr sympathisch«, stellt Onkel Harald fest. »Hat dein Vater vielleicht auch einen Bart?«

»Hat er! Einen Struwwelbart. Der ist aber viel dichter als deiner.«

»Das ist keine Kunst«, meint Onkel Harald. »Meine Tochter Yoko behauptet, mein Bart sieht wie ein vertrockneter Kaktus aus. Aber Suppennudeln bleiben trotzdem drin hängen!«

»Bei meinem Papa stecken sogar manchmal Krautfleckerl zwischen den Stoppeln, und wenn es draußen kalt ist, hängen winzige Eiszapfen an den Haaren.«

»Eiszapfen kann ich mir beim Anblick dieser brennheißen Pizza hier im Augenblick gar nicht vorstellen«, sagt Onkel Harald und beugt sich tief über den Teller.

»Der Papa nennt die Pizzas immer Ofenlochsonnen mit Salamiaugen. Er ißt sie nämlich am liebsten mit Salami. Ständig erfindet er neue Namen. Mich nennt er einmal Kartoffelaffe, dann wieder Minimutzimausi, und gleich darauf bin ich ein Makkaroni-Balloni.

Die Mama war schon einmal ein Mondschmetterling. Für die Mama findet der Papa immer schöne Namen!«

Vom Floh erzähle ich noch immer nichts.

»Ist dein Vater vielleicht Schriftsteller, weil er so gerne mit Worten spielt?«

»Etwas Ähnliches«, antworte ich. »Ein Ganzkurzschriftsteller. Er schreibt Werbetexte.«

»Da steckt er sicher voll origineller Ideen.«

»Und wie! Die Mama und ich müssen beurteilen, ob seine Ideen gut sind. Wir sind seine Kritiker, sagt er und fällt uns ziemlich auf die Nerven mit seiner ständigen Fragerei. Er beginnt schon um sechs Uhr früh zu arbeiten, wenn ich gerade davon träume, daß heute die Schule ausfällt.«

Wo der Papa arbeitet, erzähle ich nicht.

Der Papa sitzt zwischen sechs und sieben Uhr morgens auf der Toilette. Es ist der beste Ort, an dem ihm die Ideen für den Tag einfallen. Und Ideen braucht der Papa viele: für umweltschonende Waschmittel, für gaumenzarte Nußschokolade, für duftendes Rasierwasser und pinkeldichte Windeln. Der Papa nennt die Windeln natürlich anders in seiner Werbung.

»Kauf T-Shirts von Harald Kaiser – dann bist du in der Schule weiser!« ruft Onkel Harald aus. »Ist das ein guter Werbespruch?«

»Wenn er wirkt, ziehe ich gleich drei T-Shirts übereinander an«, sage ich, während Onkel Harald meine Pizza in mundgerechte Happen schneidet. Sonst landet sie wie schon einmal auf dem Nachbartisch. Da habe ich alleine versucht, mit aller Kraft den zähen Teig durchzusäbeln.

»Arbeitet dein Vater in einer großen Werbeagentur, ich meine, macht er auch Werbung für berühmte Autofirmen und so?«

»Ja. Für ... für japanische Autos«, sage ich frech. Aber es stimmt nicht. Ich gebe an, genau wie Birgit. Der Papa muß nämlich seit einer Woche für sanftes Toilettepapier werben, Marke entenweich. Weil der Papa aber die Angewohnheit hat, seine Arbeit immer mit nach Hause zu nehmen, liegen bei uns in jedem Zimmer die blöden blauen Klopapierrollen. Ein Stück WC-Papier hängt sogar wie eine Fahne aus der Schublade von Papas Nachtkästchen, weil er den Gegenstand, für den er wirbt, gleich vor Augen haben will, sobald er aufwacht.

Im Fall der japanischen Autos wäre das allerdings echt Spitze.

»Weißt du schon, was du einmal werden willst?« fragt Onkel Harald.

Ja. Schokoladefabrikantin von grün-orange-blauer und rosa-blau-gelb-karierter Schokolade. Aber das sage ich nicht. Ich erzähle auch nicht, daß ich mit vier Jahren ein Pferd werden wollte, weil ein Pferd für mich das Allerschönste war.

»Buchhändlerin will ich jedenfalls keine werden«, antworte ich statt dessen. »Und für Dinge werben, die ich in Wirklichkeit nicht mag, will ich auch nicht.«

»Das ist immerhin schon etwas«, meint Onkel Harald und lacht. »Du weißt wenigstens, was du nicht willst! – Ich für meinen Teil will jetzt ein Eis.«

»Mmmh«, mache ich.

Onkel Harald mag alle ungesunden Sachen, genau wie ich. Der Papa hält auch nichts von den gesunden Weizenlaibchen und dem Sojagemüse der Mama. Ob Onkel Harald wohl auch bei belegtem Weißbrot mit Salzgurke, Hering und einem Klecks Erdbeermarmelade obendrauf schwach wird wie ich? Die Eltern meinen, auf meiner Zunge sind die Geschmacksnerven irgendwie über Kreuz gewachsen, ich kenne wirklich keinen, der Gurke und Hering mit Marmelade so gerne hat wie ich. Aber es gibt auch Leute, die sich Schlangen als Haustiere halten und rot-lila gepunktete Hüte tragen. »Ich esse gerne ein Gurken-Hering-Marmelade-Sandwich«, sage ich und blicke Onkel Harald herausfordernd an.

»Solange es dir bekommt, warum nicht?« meint er nur. »Es ist zwar ungewöhnlich, aber in Afrika ißt man schließlich auch Heuschrecken, und in einem Vier-Sterne-Hotel hat man mir einmal Karottenpudding mit Schlagsahne serviert.«

Onkel Harald streicht sich mit beiden Händen über seinen leicht vorgewölbten Bauch. »Diese Halbkugel hier kommt vom vielen guten Essen«, sagt er.

»Mein Papa ißt auch viel«, sage ich. »Aber er hat keinen Bauch!« Er hat riesige Füße wie ein Schneemensch.

Aber *das* erzähle ich Onkel Harald nicht.

Bobo

»Ich brauche ein bißchen Bewegung«, meint Onkel Harald nach seiner Riesenpizza und der doppelten Portion Eis mit Schlagsahne. »Außer du verschaffst mir augenblicklich ein Bett und stellst es mir hier zwischen den Tischen auf. Die Leute stören mich nicht. Höchstens ich störe sie durch mein Schnarchkonzert.«

»Der Papa schnarcht auch ganz furchtbar«, erzähle ich. »Wie ein Traktor.«

»Dein Vater wird mir immer sympathischer«, stellt Onkel Harald fest. »Meine Frau behauptet nämlich immer, daß ich wie ein Preßlufthammer schnarche.«

»Ich bin froh, daß mein Zimmer nicht neben dem der Eltern ist. Die Mama hat schon alles mögliche versucht, damit der Papa mit dem Schnarchen aufhört. Sie hat sogar einmal einen alten Tennisball im Rückenteil seiner Pyjamajacke eingenäht, damit der Papa gezwungen ist, auf der Seite zu schlafen, weil man da angeblich weniger schnarcht. Irgendwie muß der Tennisball ein kleines Loch gehabt haben. Jedenfalls ist er am Morgen plattgedrückt gewesen, und der Papa hat geschnarcht wie immer.

Die Mama hat sich einfach daran gewöhnen müssen. Jetzt ist es manchmal so, daß sie gar nicht einschlafen kann, wenn er nicht daheim ist, weil ihr etwas fehlt.«

»Wetten, mich würde nicht einmal ein Fußball in meinem Pyjama stören? Wenn ich schlafe, schlafe ich fest wie ein Murmeltier im Winter.«

»Hast du Heimweh nach deinen Kindern?« frage ich plötzlich.

»Ich vermisse den Gutenachtkuß, den sie jeden Abend von mir bekommen«, sagt Onkel Harald. »Ich mag den Geruch und die Wärme meiner Kinder. Jedes Kind riecht anders. Ono duftet nach Vanille, Mia nach Sonne, Parashuti nach Babypuder und Yoko nach Apfel.«

»Wie – bitte sehr – riecht *Sonne* ???«

»Wie Mia«, sagt Onkel Harald nur. »Du müßtest an ihr schnuppern können.«

»Und deine Frau? Riecht die auch nach etwas?«

»Natürlich. Nach Sandelholz und Mandarinen.«

»Sandelholz kenne ich nicht. Nur Mandarinen. Und die riechen sehr gut.«

Es muß schön sein, eine Vanillesonnenbabypuderapfelmandarinen-Familie zu haben.

Wenn ich an meine Eltern denke, fallen mir schon wieder lauter dumme Sachen ein. Der Sockenmief von Papas Schneemenschfüßen und der Filzstiftgeruch, wenn die Mama ihre Prospekte anstreicht.

Wonach ich wohl rieche? Und Onkel Harald?

Um uns beide schwebt jetzt eine dichte Wolke von würzigem Pizzaduft.

Als wir das Restaurant verlassen, empfängt uns ein milder Regenschauer. Es riecht nach nassem Asphalt und feuchter Luft, nach Rauch aus dem Schornstein der nahen Fabrik und nach Heimweh.

Ich habe plötzlich Heimweh nach Bobo.

»Möchtest du noch ein bißchen in den Park gehen? Oder soll ich dich jetzt zu Hause abliefern?« fragt Onkel Harald.

»Ich bin kein Paket«, erwidere ich eingeschnappt.

»Entschuldigung, so habe ich es nicht gemeint. Wenn ich dich jetzt heimbringe, bist du bis zum Abend allein, nicht wahr?«

»Bin ich nicht«, schwindle ich. »Bobo ist da.«

»Bobo? Wer ist das?«

»Ich mag nicht über ihn reden. Überhaupt ist Bobo ein Geheimnis.«

Ich ärgere mich mächtig, daß ich seinen Namen genannt habe.

»Fehlt dir etwas?« fragt Onkel Harald. »Du siehst plötzlich irgendwie traurig aus.« Er beugt sich zu mir hinab und blickt mir in die Augen. Das kann ich nicht leiden.

»Ich glaube, Geschwister wären ganz gut für dich.«

»Nein. Überhaupt nicht. Ich bin gerne ein Einzelkind!«

Manchmal bin ich auch ein Einsamkind.

Aber *das* sage ich Onkel Harald nicht.

»Mir geht's gut«, sage ich laut, weil er mich noch immer prüfend von der Seite ansieht, als wir die Straße zur Busstation hinuntergehen.

»Spielst du mit deinen Kindern?« frage ich.

»Viel zuwenig«, gibt Onkel Harald zu. »Eigentlich fast gar nicht, und das tut mir sehr leid.«

»Warum tust du dann nichts dagegen?«

»Tja …«, sagt Onkel Harald und zuckt mit den Achseln. »Es bleibt für alles, was man wirklich gerne machen würde, immer zu wenig Zeit.«

»Dann nimmst du es dir eben nicht fest genug vor«, sage ich, obwohl es beim Papa auch nicht anders ist. Wenn sein Tag randvoll ist mit Terminen, spielt er überhaupt nicht mit mir. Er hört nicht einmal richtig hin, wenn ich sage: Ich habe mir das Knie aufgeschlagen. Er schaut nur kurz auf die Schramme und meint, wenn ich heirate, ist es wieder gut. Aber ich will nicht warten, bis ich heirate. Vielleicht heirate ich gar nicht, und dann habe ich ewig ein wehes Knie. Wenn der Papa viel gearbeitet hat, kitzelt er mich auch nicht, weil er dann so erschöpft ist, wie ich nach der Kitzelschlacht. Er sagt höchstens: Wie kann dir langweilig sein, wo wir Fernseher, Videorecorder, Plattenspieler, Tonbandkassetten und einen Computer haben? Das reinste Paradies für Kinder!

Trotzdem ist mir manchmal kalt im Paradies, auch wenn der Computer toll ist. Aber der Recorder hat keine Arme, die mich festhalten, der Fernseher keine Stimme, der ich antworten kann, und der Computer lädt mich auch nicht auf ein Eis bei Giorgio ums Eck ein, wenn ich das Spiel gewonnen habe.

Aber *das* geht nur mich etwas an.

»Bei uns daheim ist es lustig«, erzähle ich Onkel Harald, als wir auf den Bus warten. »Wenn mein Papa nach Hause kommt, legt er meistens erst einmal eine Platte auf. Er braucht immer Lärm und Bewegung um sich. Wenn er Jazzmusik hört, zittern die Wände und die Mama mit, weil sie immer befürchtet, daß sich die Nachbarn beschweren könnten. Aber die Nachbarn sind wahrscheinlich taub wie Felsen. Sie machen selber Lärm und brüllen sich gegenseitig an, sodaß ich richtige Schimpfwörter lernen kann, wenn ich das Ohr an die Schlafzimmerwand presse.«

Manchmal tanzt die Mama sogar zu Papas Musik. Sie macht ganz komische zackige Bewegungen, dann windet sie sich wieder wie eine Schlange, und der Papa trommelt mit den Fingern den Rhythmus auf eine leere Holzschachtel. Oft sehe ich vom Nebenzimmer aus zu, weil es mir bei den Eltern drinnen zu laut ist, und denke mir, die beiden sind verrückt.

Aber das erzähle ich Onkel Harald nicht.

Ich sage: »Meine Eltern haben viel Spaß miteinander. Sie sind oft richtig kindisch. Ich bin vernünftig. Einer in der Familie muß schließlich vernünftig sein!«

Wieder blickt mich Onkel Harald von der Seite an. Es ist ein sehr komischer Blick.

»Naja«, lenke ich ein. »Immer bin ich nicht vernünftig. Aber manchmal schäme ich mich richtig für meine Eltern, wie die sich aufführen!«

Verdammt! Ich beiße mir fest auf die Unterlippe, ziehe sie zwischen die Zähne, als könnte ich die soeben gesprochenen Worte wieder einsaugen.

»Das habe ich nicht so gemeint«, sage ich leise. »Ich glaube, ich rede zuviel.«

»Ganz und gar nicht«, meint Onkel Harald sanft. »Sprich nur. Vielleicht wolltest du auch noch aus einem anderen Grund von der Schule abgeholt werden: Damit du mit jemandem reden kannst?«

»Stimmt nicht!« sage ich trotzig. Aber ein bißchen stimmt es.

»Vielleicht hast du recht«, meint Onkel Harald vorsichtig. »Vielleicht willst nicht *du* mit mir, sondern *ich* will mit dir reden. Schließlich bist du eine wunderbare Abwechslung zu den langweiligen Erwachsenen, die bei Terminen und Konferenzen immer nur über ihr Geschäft sprechen und niemals über Suppennudelbärte, Jazzmusik und Felsen, die einander Schimpfworte zuschreien. – Es ist schön mit dir, Sophie«, fügt Onkel Harald hinzu. »Ich habe Kinder gerne. Ich entwerfe meine Micky-Maus-T-Shirts auch nicht unbedingt für Urgroßväter, steife Politiker und geschniegelte Bankdirektoren. Oder kannst du dir einen Bankdirektor im wilden Micky-Maus-T-Shirt vorstellen?«

»Nicht einmal meinen Schuldirektor«, gestehe ich lachend.

Im Bus setzen wir uns in die hinterste Reihe, wo es schön schaukelt, und Onkel Harald erzählt mir von sich und von Japan.

Und von seiner Vanillesonnenbabypuderapfelmandarinenfamilie.

»Die Mama gibt mir nicht oft einen Gutenachtkuß«, sage ich plötzlich. »Und von Papa möchte ich keinen. Weil sein Bart immer so sticht.«

Onkel Harald nimmt mich um die Schultern.

»Auch Igel sind zärtlich«, sagt er.

Daheim angekommen, laufe ich sofort in mein Zimmer. Ich renne zu dem geheimen Platz hinter meinem Bett, greife in Wolliges, Samtiges, drücke meine Wange tief hinein.

»Bobo«, flüstere ich.

»Ist ja gut«, sagt Bobo. »Ich warte doch jeden Tag auf dich. Oder hast du geglaubt, ich könnte wieder verschwinden?«

Ich schüttle stumm den Kopf, wobei mich Bobos feine lange Haare in der Nase kitzeln.

»Du findest Onkel Harald nett, aber er ist eben doch nur ein Erwachsener, stimmt's?«

Ich nicke, sodaß die Haare noch tiefer in mein Nasenloch bohren und ich kräftig niesen muß.

»Deine Nase ist fast so fein wie meine«, findet Bobo. »Komm. Gib mir einen Nasenkuß.«

Der Kuß ist warm und weich, und ich drücke dabei fast Bobos Hasengesicht flach.

»Ich rieche nach Staub, nicht wahr?« sagt er. »Und nicht nach Vanille. Auch nicht nach Mandarine. Gib es zu. Du mußt nur die Augen schließen und dich erinnern: Gleich rieche ich wieder nach Erde und Wiese. Ich rieche nach Glücklichsein.«

Jetzt weiß ich, wieso Onkel Harald sagen kann, daß seine Tochter Mia nach Sonne riecht.

Der Depp

»Von mir« – bittet Bobo leise – »erzählst du Onkel Harald aber nichts.«

Ich schüttle heftig den Kopf und nehme meine Nase aus Bobos Fell. Ich hocke mich mit ihm gemeinsam auf den Teppich, auf meinen geheimen Platz hinter dem Bett, und lasse einen Film in meinem Kopf ablaufen. Bild für Bild, wie im Kino. Darin bin ich stark.

Ich schaue in die dicken Regenwolken vor meinem Fenster und sehe trotzdem die Wiese auf dem Hügel, wo sich das Ausflugsrestaurant Koglerhof befindet. Dorthin sind wir früher fast jeden Sonntag gefahren. Die Eltern haben in dem Gartenlokal, das einmal ein einfacher Gasthof gewesen war, Kaffee getrunken, während ich Kieselsteine durch meine Finger rieseln ließ und den Ameisen bei ihrer Arbeit zusah. Ich konnte nie herausfinden, wieso einige von ihnen in die entgegengesetzte Richtung eilten und wohin sie die nadeldünnen Holzstückchen und Kuchenkrumen schleppten. Die Eltern ließen mir nie Zeit, lange genug zuzusehen.

»Komm, spiel doch ein bißchen mit den Koglerkindern!« forderten sie mich auf. »Schau, die anderen spielen auch auf der Wiese hinter dem Haus!«

Ich aber wollte einfach in Ruhe gelassen werden.

Mit fremden Kindern spielen war mir ein Greuel. Besonders mit den wilden Koglerbuben, vor denen ich mich fürchtete. Sie waren laut und frech und ließen mich erst gar nicht in ihre Nähe. Die Eltern wußten das nicht. Ich verschwand nämlich genau wie die anderen Kinder hinter dem Haus, lief jedoch in die Wiese hinein, weit weg von den anderen und legte mich im dichten Gras auf den Bauch. Dort verwandelte ich mich in ein winziges Wesen, das in einem grünen Reich haust mit goldgrünschimmernden Käfern, die auf wippenden Grashalmen krabbeln, und hellgrünen Heuschrecken, die wie von unsichtbaren kleinen Trampolinen hoch in die Luft springen.

Da tauchte einmal ein Schatten vor mir auf. Ich blickte hoch. Ein dünner Bub mit einem wunderschönen weißen Hasen im Arm stand da. Er sah wie ein Zauberhase aus, und das unglaubliche Weiß und der schwarze Fleck unter dem linken Auge paßten gut in mein Zauberreich. Aber der Bub paßte ganz und gar nicht dazu. Er wirkte irgendwie seltsam.

Er grinste ununterbrochen und streichelte dabei den Kopf des Hasen und murmelte »Bobo«.

Da schrien die Koglerkinder zu uns herüber: »Der Sepp, der ist ein Depp. Der Sepp hat einen sitzen.«

Der Junge rührte sich nicht. Er blickte in die Richtung der Kinder, grinste jedoch weiter, als hätten sie ihm eben ein Kompliment gemacht. Plötzlich ging er in die Hocke und hielt mir den Hasen zum Streicheln hin. Dabei stieß er einen eigentümlichen Laut aus, ein tiefes, hohles »Da!«

Ich nahm vorsichtig den Hasen in den Arm, strich

über sein sonnenwarmes Fell und wünschte mir, ihn nie mehr hergeben zu müssen. Er schien wirklich ein Zauberhase zu sein, der mich gegen die drei Koglerkinder beschützte: Sie kamen nicht näher, und sie hörten sogar zu rufen auf.

Von jenem Sonntag an habe ich oft mit dem seltsamen Buben gespielt. Er sprach fast gar nichts, aber er war sehr sanft, fast wie sein Hase. Er machte es mir nach, wenn ich mit bloßen Händen die Erde aufbuddelte und nach Regenwürmern suchte. Und er bastelte aus Tannenzapfen einen Bauernhof mit Kühen und Pferden und Schweinen.

»Määähhh«, machte er nur, und ich wußte, der kleine Tannenzapfen war heute eine Ziege. Wenn wir spielten, hockte der Hase neben uns, ließ sich streicheln und schnupperte an meinen Fingern.

Da wurden wir einmal jäh aus unserem Spiel herausgerissen. Wir hörten eines der Koglerkinder aufgeregt rufen, sahen zu ihnen hinüber und entdeckten nicht weit von ihnen einen kleinen Vogel, der aus dem Nest gefallen war. Der Vogel war klein und konnte noch nicht fliegen. Plötzlich bückte sich der älteste der Brüder und warf einen Stein nach ihm. Dann schleuderte auch der mittlere etwas nach dem Vogel und traf. Der jüngste zielte als nächster, verfehlte, warf abermals einen Stein durch die Luft und traf ebenfalls. Ein winziger Flügel des Vogels hob sich unter dem Schlag. Federn – zarte, flaumige – bauschten sich kurz auf wie dünnes Papier, das vom Wind hochfliegt und dann niedersackt.

Ich sah entsetzt zu und konnte mich kaum bewegen. Der Junge neben mir hatte den Mund weit offen, als würde er schreien, aber es kam kein Ton heraus. Jetzt blickten die drei zu uns herüber und sahen uns stehen wie die Statuen. Da klatschten sich die Buben auf die Schenkel, hüpften hysterisch auf und nieder und lachten sich schief. Dann flüsterte der größere der Buben dem kleineren etwas ins Ohr, und auf einmal rannten sie alle drei los.

Wenig später kamen sie mit ihrer Mutter, der Wirtin vom Koglerhof, zurück. Die Frau stapfte mit großen Schritten und mit zornigem Gesicht auf uns beide zu. Sie hielt kurz inne, blickte auf den kleinen toten Vogel und schaute fragend ihre Buben an. Die zeigten alle drei gleichzeitig auf den Sepp. Der Sepp aber grinste schon wieder und streichelte seinen Hasen. Jedoch heftiger als sonst.

»Der Depp hat ihn erschlagen«, behauptete der größte der Brüder, und die anderen nickten.

»Stimmt nicht«, sagte ich, aber es kam so leise heraus, daß es nicht bis zu der zornigen Frau drang.

»Er war's!« rief der kleinste der Brüder mit einer schrillen Stimme.

»Der Depp weiß halt nicht, was er tut«, meinte die Frau böse, und: »Du solltest auch nicht mit ihm spielen!« warnte sie mich.

Dann packte sie den Sepp entschlossen an den Schultern und drehte ihn herum wie eine Marionette, sodaß er jetzt in die entgegengesetzte Richtung blickte. Dorthin, wo sich der Bauernhof befand, von dem er her war. Die Frau gab ihm noch einen Schubs in den Rücken.

»Geh heim!« schrie sie den Jungen an. »Daß du mir ja nicht mehr herkommst. Laß dich bloß nicht wieder bei uns blicken!«

»Er war es nicht«, rief ich jetzt laut.

»Aber was!« Die Frau winkte ab. »Der Sepp stellt immer wieder etwas an. Oder willst du vielleicht behaupten, daß es meine Kinder waren? *Die* machen so was nicht!« fauchte sie mich an, während der Sepp mit seinen langen dünnen Beinen in die Wiese hineinstakste, den Hasen im Arm. Plötzlich aber wandte sich der Sepp um.

»Böse – böse – böse«, brüllte er, und ich hätte nie gedacht, daß so eine Kraft in ihm drin steckt.

Von diesem Tag an hab' ich den Sepp nie wieder gesehen. Und auch den Zauberhasen nicht.

Ich bin gleich zur Mama gerannt und habe ihr von dem Vorfall erzählt. »Das sind ganz gemeine Kinder, Mama«, habe ich aufgeregt geflüstert. »Ganz furchtbar gemein!«

»Stimmt«, hat die Mama gesagt und mir den Kopf gestreichelt, wie der Sepp den Hasen.

»Du mußt etwas tun!« habe ich zornig und lauter gesagt.

»Da kann ich gar nichts tun«, hat die Mama erwidert. »Da kann ich mich nicht einmischen. Glaub mir, das würde nichts nützen. Die Frau würde mir nicht glauben.«

Da habe ich schreien wollen, genau wie der Sepp in der Wiese.

Statt dessen habe ich zu weinen begonnen, und der

Papa hat erschrocken gefragt: »Ja, was hat denn die Sophie plötzlich? Hat sie sich weh getan?«

»Nein, nein«, hat ihn die Mama beruhigt. »Ich kann dir das jetzt nicht so schnell erklären. Es hat jedenfalls nichts mit Sophie zu tun.«

»Natürlich hat es das!« habe ich mich wütend gewehrt. »Klar hat es etwas mit *mir* zu tun!«

»Aber nicht direkt«, hat die Mama nur gesagt. »Jetzt beruhige dich erst einmal. Wir sprechen daheim darüber.«

Da habe ich aufgegeben.

Wochenlang habe ich nach dem Sepp und seinem Hasen Ausschau gehalten. Ich bin sogar fast bis zu dem Bauernhof hingegangen, aber die beiden blieben wie vom Erdboden verschluckt. Schließlich wollte ich überhaupt nicht mehr zum Koglerhof hinauffahren.

Eines Tages entdeckte ich den Hasen in der Auslage eines Kaufhauses: unglaublich weiß, mit einem schwarzen Fleck unter dem Auge – und aus Stoff. Der Papa hat ihn mir gekauft. Natürlich habe ich gewußt, daß er nicht echt ist, aber ich habe nicht geahnt, daß er noch in derselben Nacht lebendig werden sollte.

Der Hase saß still neben meinen Lieblingspuppen. Der Mond tauchte mein Zimmer in bläulich metallenes Licht. Unheimlich schön war dieses Licht. Genau in dem Augenblick, da ich mich über das ungewöhnliche Blau wunderte, bewegte der Hase erst das eine, dann das andere Ohr. Seine Fellhaare richteten sich sanft auf, wie in einem leisen Wind.

»Bobo ...?« flüsterte ich und konnte kaum atmen.

»Ich bin da«, sagte Bobo. »Aber du darfst es keinem verraten. Nur ein Wort – und unser Geheimnis zerplatzt wie eine Seifenblase.«

Erst habe ich vorsichtig sein wunderweiches Fell berührt und seinen Kopf gestreichelt, wie damals auf der Wiese. Dann habe ich ihm alles, was ich keinem sagen kann, in seine langen Ohren geflüstert. Der Hase hat mir versprochen, daß es dem Sepp gut geht, aber daß er mir nicht sagen kann, wo er ist. Er hat mir von meinen Heuschrecken erzählt, die Trampolin springen, und daß es ein neues Vogelnest im Ahornbaum gibt und die Jungen schon kräftig genug sind, um fliegen zu können.

Seit jener Nacht lebt Bobo mit mir in meinem Zimmer, und keiner weiß, daß er lebendig ist. In den komischen Büchern von der Mama habe ich einmal etwas über Wiedergeburt gelesen.

Die Mama sagt, daß sie in ihrem früheren Leben einmal Köchin am Hof von Ludwig dem Sonnenkönig war und deshalb genug hat vom Kochen.

Und ich glaube, daß der Hase vom Sepp in meinem Bobo drinnen steckt.

Heimliche Beobachter

Am nächsten Dienstag holt mich Onkel Harald wieder von der Schule ab. Und zwar in einem auf Hochglanz polierten schwarzen Taxi mit einem glatzköpfigen Chauffeur. Als Onkel Harald mich sieht, rollt das Auto leise vor, die hintere Wagentür schwingt auf, und ich steige ein. Ich komme mir wie eine hohe Persönlichkeit vor – wie eine Frau Minister. Ab sofort bin ich Ministerin für Spiel und Unterhaltung. Einige meiner Schulkameradinnen starren uns mit offenem Mund nach, als das Taxi auf Anweisung von Onkel Harald in Richtung Zoo davonbraust.

»Das ist aber eine Überraschung«, rufe ich aus. »Und sogar eine doppelte!«

»Man bekommt ja auch nicht alle Tage eine so entzückende Nichte geschenkt«, meint Onkel Harald, und da mich noch niemand entzückend genannt hat, befördere ich mich augenblicklich von der Ministerin zur Präsidentin. Ich trage eine unsichtbare Krone, auch wenn Präsidentinnen gar keine Kronen haben. Meine jedenfalls funkelt wie die blitzblanken Stoßstangen des schwarzlackierten Taxis.

»Du strahlst ja richtig«, meint Onkel Harald plötzlich.

»Ich strahle wie das weißeste Weiß der knallweißen Zahnpasta Onyx 3000.«

»Sie haben doch nicht zufällig etwas mit Werbung zu tun?« fragt Onkel Harald ernst.

»Sie irren, mein Herr«, antworte ich sehr erwachsen. »Zahnpasta ist mein Lieblingsbrotaufstrich. Er kommt gleich nach Gurkenheringerdbeermarmeladesandwich.«

Der Chauffeur schickt mir ein breites Grinsen durch den Rückspiegel.

Wir sind da!

Onkel Harald hält mir elegant die Wagentür auf, und ich bin noch eine Sekunde lang gekrönte Präsidentin. Ich hüpfe aus dem Taxi, und jetzt bin ich Sophie, die sich riesig auf die Affen freut.

Schon an der Zookassa riecht es nach Abenteuer. Das Löwengebrüll jagt mir immer einen Schauer über den Rücken. Wer weiß, ob er nicht gerade ausgebrochen ist. Das Lachen der Hyänen treibt den Schauer bis unter meine Fußsohlen. Die Wildesel antworten in hohen, heiseren Rufen, und die sonst so ruhigen Zebras galoppieren dumpf über harte Erde. Noch einmal übertönt das Brüllen des Löwen alle anderen Tierlaute, dann ist es mit einem Schlag still. Und doch höre ich das Krokodil fauchen, obwohl ich genau weiß, daß es weit weg in seinem Reptilienhaus eingesperrt ist und noch nie einen Ton von sich gegeben hat.

Ich ziehe Onkel Harald als erstes zu den Affenkäfigen hin, und wir lassen uns auf einer Bank nieder, von der aus wir das Spiel der Kapuzineräffchen beobachten können. Als uns eines der Äffchen erblickt, hält es beim Entlausen seines Kameraden inne und wirft eine Nußschale nach Onkel Harald.

»Soll das vielleicht unser Mittagessen sein?« fragt Onkel Harald den Affen. »Da habe ich aber eine ganz andere Vorstellung von einer Mahlzeit!«

Onkel Harald zaubert halbgeschmolzenes Eis in zwei verbeulten Pappbechern aus seiner Aktentasche und reicht mir einen kleinen Plastiklöffel.

»Hier! Das Eis werden wir wohl als Vorspeise essen müssen, bevor es meine Tasche total verkleckert. Gurken und Wurstbrote folgen.«

Onkel Harald läßt mich einen Blick in die offene Tasche werfen, aus der es verführerisch duftet. »Zuerst stärken wir uns, und dann sehen wir uns den Zoo an«, schlägt er vor.

»Auch die Krokodile und Riesenechsen?«

»Ja, und wenn du willst auch die Schlangen, die Pinguine und die Vogelspinne. Ihr habt doch eine Vogelspinne, oder?«

»Wiiir???!«

»Ich meine natürlich nicht bei dir daheim. Sondern hier im Zoo. Vogelspinnen sind meine Lieblingstiere.«

»Echt?«

»Halbecht. Eigentlich wollte ich dich nur testen. Die meisten Leute stoßen einen Schreckensschrei aus, wenn ich die dicke haarige Vogelspinne als mein Lieblingstier bezeichne.«

»Ach was. Ich mag alle Tiere. Auch Regenwürmer und Fliegen und Kröten und Haie. Nur begegnen möchte ich keinem. Außer er ist hinter Glas.«

»Wir passen gut zusammen«, meint Onkel Harald.

»Wer weiß, vielleicht sind wir tatsächlich entfernte Verwandte, und der Zufall hat uns zusammengeführt.«

»Darauf stoßen wir an«, sage ich wieder sehr erwachsen, und unsere eistropfenden Pappbecher geraten mit einem dumpfen Plopp aneinander. Zur Feier der Stunde biete ich Onkel Harald ein Stück meiner kostbaren grün-orange-blau-karierten Schokolade an, während das eine Äffchen gerade genüßlich eine Laus verspeist.

»Weißt du eigentlich, daß Affen gar nicht wesentlich mehr Läuse als andere Tiere haben und es nur ein Freundschaftsbeweis ist, wenn sie einander das Fell kraulen und nach Ungeziefer durchsuchen?«

»Habe ich nicht gewußt«, gebe ich zu.

»Aber ich hätte gerne etwas gewußt«, sagt Onkel Harald. »Und zwar ein bißchen mehr über dich und deinen Papa und deine Mama. Wenn ich nach Japan zurückkehre, will ich meinen Kindern von unserem Familienzuwachs erzählen, und sie werden mich eine Menge fragen.«

»Deine Kinder haben es gut, weil sie zu viert sind«, sage ich plötzlich. »Die haben wohl immer jemanden zum Spielen daheim.«

Aber mir geht es eigentlich auch gut, denke ich. Ich habe Bobo. Einen Bobo haben Onkel Haralds Kinder bestimmt nicht.

»Zu viert ist es sicher leichter als allein«, meint Onkel Harald. »Gibt es außer dir noch andere Kinder in deinem Haus oder in der Nachbarschaft?«

»Nur im Haus gegenüber, da wohnt seit einiger Zeit

so ein komischer Junge im zweiten Stock. Der sitzt oft an seinem Fenster und schaut zu mir herein. Eine Frechheit ist das, dauernd in anderer Leute Wohnungen zu schauen! Der Junge geht mir echt auf die Nerven.«

»Vielleicht will er mit dir spielen?«

»Dann soll er den Mund aufmachen und nicht blöd rüberschauen. Außerdem will ich nicht mit dem Fenstergucker spielen!«

»Vielleicht ist er nett?«

»Ist er *nicht.* Mit dem spiele ich bestimmt nicht. Außerdem habe ich die Birgit. Die kommt zweimal in der Woche zu mir, manchmal gehe ich auch zu ihr.«

»Mit Birgit kann man sicher gut spielen. Die hat oft die unglaublichsten Einfälle.«

»Stimmt. Wir haben viel Spaß zusammen. Wenn meine Eltern ausgehen und Birgit bei mir übernachten darf, spielen wir manchmal Detektiv. Aber erst warten wir ab, bis die maisgelbe Ulrike eingeschlafen ist.«

»Wer ist die maisgelbe Ulrike?«

»Das ist meine Babysitterin. Die hat schon auf meine Mama aufgepaßt, wie die ein Kind war. Du kannst dir vorstellen, wie uralt die Ulrike ist. Eigentlich ist sie nur ein Alibi für die Eltern, damit sie kein schlechtes Gewissen haben müssen, wenn sie mich allein lassen. Meistens ist es so, daß *ich* auf die Ulrike aufpasse, damit sie nämlich nicht vom Sofa rollt, weil sie so dick ist. So um 10 Uhr abends schläft sie für gewöhnlich vor dem laufenden Fernseher ein, und wenn sie so laut wie der Schnellkochtopf durch die

Nase zischt, können ich und Birgit mit den Topfdeckeln Musik machen, die Ulrike knirscht höchstens mit ihren maisgelben Zähnen, aber aufwachen tut sie nicht davon.«

»Und sobald die Ulrike wie ein Murmeltier schläft, verwandelt ihr euch in Detektive, stimmt's?«

»Genau. Siehst du den Tiger dort drüben in dem Käfig? Dann schleichen wir leise wie er durch die Wohnung und kontrollieren erst einmal, ob sich nirgends ein Einbrecher unter dem Bett, hinter dem Vorhang oder im Kasten versteckt hält. Meistens wird uns dann heiß vor lauter Aufregung, und wir bekommen einen Riesendurst und müssen nach der ersten Schleichrunde eisgekühlten Himbeersaft trinken. Dann geht es erst richtig los. Wir nähern uns langsam und in geduckter Haltung dem breiten Fenster im Schlafzimmer und nehmen unsere Beobachtungsposten ein. Birgit links und ich rechts vom Fenster. Wir halten uns hinter den auseinandergezogenen Vorhanghälften versteckt und flüstern uns zu, was wir im Haus gegenüber bemerken.«

»Aha«, sagt Onkel Harald nur. »Das geht aber kaum, ohne in die Wohnungen hineinzuschauen?«

»Natürlich nicht. Und abends ist alles so schön beleuchtet, damit man besser sehen kann, und manchmal holen wir sogar das Fernglas vom Papa und ...«

Plötzlich ist mir klar, warum Onkel Harald die ganze Zeit über grinst.

»Aber es ist etwas anderes!« versuche ich mich zu verteidigen. »Wir schauen ja nicht jeden Tag in fremde

Wohnungen hinein, und außerdem kann *uns* keiner sehen, aber ich kann den komischen Fenstergucker immer sehen.«

»Also ich möchte nicht von zwei kleinen Detektiven beobachtet werden«, meint Onkel Harald.

»Naja«, lenke ich ein. »Ich weiß schon, daß man nicht in andere Wohnungen hineinschauen soll. Aber die Erwachsenen machen auch oft Dinge, die man nicht tut.«

»Da hast du leider recht. Habt ihr schon einmal einen besonderen Fall aufgedeckt?«

»Wir haben am laufenden Band besondere Fälle! Du mußt nämlich wissen, daß jeder, der sich in dem Haus gegenüber bewegt, schon verdächtig ist. *Alle* sind Verdächtige. Das Haus ist voll von Giftmördern und Pistolenhelden und Erwürgern und Erpressern. Das Spiel macht nur Spaß, wenn es gefährlich ist.«

»Ich habe ja ein Monstrum als Wahlnichte!« ruft Onkel Harald aus und rückt ein Stück von mir ab.

»Aber geh! Das ist nicht anders, als wenn du dir einen Krimi anschaust. Nur daß der Krimi möglicherweise echt ist, wie im Leben. Aber unser Spiel ist erfunden. Manchmal«, fahre ich fort, »passiert auch etwas Lustiges. Einmal haben wir beobachtet, wie eine Frau ein volles Tablett ins Speisezimmer getragen hat. Um den Eßtisch saßen fünf hungrige Personen.«

»Alle Diebe und Mörder!«

»Nicht in diesem Fall. Also die fünf haben in Richtung beladenes Tablett geschaut, und der eine hat schon sein Messer in die Hand genommen, während der am Tischende sich eine rote Serviette umgebunden hat. Da ist die Frau auf dem Weg zum Tisch plötzlich gestolpert, und die gebratenen Hühner, die Kartoffeln und Salatblätter, die Gläser und das Besteck haben einen Luftsprung gemacht und sind auf dem Teppich gelandet. Der Mann mit der roten Serviette hat die Hände über dem Kopf zusammengeschlagen. Dann sind alle aufgesprungen und haben Scherben, Hühnerkeulen, Kartoffel und Salatblätter eingesammelt. Da sind wir auch schon vom nächsten Fall, in der Nachbarwohnung gegenüber, abgelenkt worden.«

»Habt ihr auch schon einmal jemanden festgenommen?«

»Jetzt warte! Da ist ein Nackerter zu einem Telefon ins Vorzimmer gerannt. Er muß gerade aus der Badewanne gekommen sein.«

»Also euer Nachbar möchte ich nicht sein! So was passiert mir nämlich öfters.«

»Mich kann ein Nackerter nicht erschüttern. Der Papa rennt auch immer pudelnackt aus dem Bad. Aber Birgit ist fast aus den Socken gefallen. Obwohl der Mann unter seinem trommelrunden Bauch ein kleines Handtuch umgebunden hatte. Aber da hätten wir bestimmt nicht hingeschaut.«

»Jedenfalls nicht mit dem Fernglas, hoffe ich«, sagt Onkel Harald lachend.

»Wir haben uns also vorgestellt, daß der Mann mit einem Schmugglerring, und zwar mit dem Mafiaboß von den Schmugglern, telefoniert. Da haben wir ihn natürlich gleich auf frischer Tat ertappt und festgenommen. Das heißt, wir haben ihn durch das umgekehrte Fernglas kleingeschrumpft, und er ist im

Gefängnis gelandet, und der, der telefoniert hat, ist schon wieder jemand anderer gewesen.«

»Ihr produziert eure Fälle ja schneller als ich meine T-Shirts in der Fabrik!«

»Wir sind schnell und gut. Aber weißt du, einmal, da haben wir etwas beobachtet, das wollten wir der Polizei melden, dann haben wir's leider doch nicht getan.«

»Ich nehme an, das war etwas Ernstes.«

»Etwas sehr Ernstes. Da stand ein kleiner Bub mitten im Wohnzimmer vor einem Erwachsenen. Der Mann war sehr groß und hatte sehr lange Arme. Die Arme griffen plötzlich nach dem Kind und beutelten es hin und her, daß die Haare nur so flogen. Der Mann war sehr zornig. Er schimpfte, wir konnten es an seinem Gesichtausdruck sehen und an der Art, wie er seinen Mund aufriß.

Das Kind gab keinen Ton von sich. Es hatte die Lippen fest aufeinandergepreßt und verhielt sich ganz steif. Der Mann schrie und beutelte und schrie. Der Bub reagierte nicht. Da holte der Mann aus und gab ihm eine Ohrfeige. Ich hielt mir die Wange, wie wenn es mir passiert wäre. ‚So eine Gemeinheit', hat Birgit neben mir geflüstert. ‚So ein Großer, gegen so einen wehrlosen Kleinen!'«

»Und was ist dann passiert?«

»Das Kind hat geweint. Die Schultern zuckten auf und nieder. Es versuchte, dem Mann auszuweichen, lief ein paar Schritte zurück, stieß mit dem Kopf gegen die Wand. Wieder war der Erwachsene dicht vor ihm, beugte sich drohend zu ihm hinunter. Plötzlich ging die Tür auf. Eine Frau, wahrscheinlich die Mutter, kam herein. Doch sie nahm den weinenden Jungen nicht um die Schultern, im Gegenteil, sie begann ebenfalls zu schimpfen. Die beiden schritten wie Hexe und Teufel auf das Kind zu. Da packten es wieder die langen Arme, rissen es von der Wand fort und knallten es wie einen Sack auf einen Sessel. Mit einem Mal stieß der Bub mit den Füßen nach dem Mann, der holte abermals kräftig aus und gab dem schreienden Buben eine zweite Ohrfeige, während die Frau nur dastand, die Fäuste in die Hüften gestemmt und nichts unternahm. Gar nichts.

‚Holen wir die Polizei?' hat Birgit geflüstert.

‚Wir sollten es tun', meinte ich. ‚Neulich haben sie im Radio gesagt, man soll es melden, wenn man sieht oder hört, daß ein Kind mißhandelt wird.'

Indessen hatten der Mann und die Frau die Tür hinter sich zugeknallt, und das Kind lehnte über dem großen Tisch und hatte den Kopf in den Armen vergraben. Es rührte sich nicht. Wir hätten es gerne auf einem Seil zu uns herübergeholt oder ihm zugerufen, daß wir da sind und alles mitangesehen haben und daß es nicht allein ist.

‚Wir wissen ja gar nicht, wie die Leute da drüben heißen', hat Birgit plötzlich zu bedenken gegeben.

‚Macht nichts', meinte ich. ‚Wir sagen einfach, daß im dritten Stock vom Haus Nummer 10 B ein Kind geschlagen wird.'

‚Ich trau' mich nicht anzurufen', hat Birgit gesagt. ‚Ruf du an.'

‚Ich kann's auch nicht', habe ich zugegeben. ‚Am

Ende glauben die uns nicht bei der Polizei. Die kommen doch nie wegen so was.‘

‚Aber es ist schlimm‘, hat Birgit gesagt.

‚Sehr schlimm‘, habe ich geantwortet.

Und beide sind wir froh gewesen, als der Bub drüben vom Sessel gerutscht ist und das Zimmer verlassen hat. Aber wir haben uns vorgenommen, die Wohnung weiterhin zu beobachten.«

»Ich habe Mia auch einmal geschlagen, nicht ins Gesicht, aber doch ziemlich fest«, sagt Onkel Harald leise. »Es tut mir noch heute weh. Im Herzen.«

»Was hat sie denn angestellt?«

»Sie hat meine Autoschlüssel in die Toilette gespült. Mia wollte sehen, ob die Schlüssel unten im Kanalgitter wieder zum Vorschein kämen. Sie war noch sehr klein.«

»Die Mama wirft ihre Autoschlüssel gleich ins Kanalgitter, ohne sie vorher in der Toilette runterzuspülen. Weil ihr die Schlüssel nämlich immer so leicht aus der Hand rutschen, sie denkt an ganz was anderes – und schon sind sie weg. – Weißt du, ich hab' das mit dem Buben am nächsten Tag meinem Papa erzählt. Und ob *er* vielleicht bei der Polizei anrufen würde. Aber er hat gesagt: Da soll man sich nicht einmischen. Genau wie die Mama damals bei der Sache mit Bobo und dem Deppen. Aber das ist feige. Und dumm ist es auch. Ich hab' eine riesige Wut auf den Papa gehabt. Ich hätte mir nie gedacht, daß er so feige ist. Wenn ich einmal groß bin und etwas zu sagen habe, werde ich alles sagen, was ich für richtig finde!«

»Hoffentlich«, meint Onkel Harald. »Ich wünsche

dir, daß du halten kannst, was du dir vorgenommen hast. Und ich hoffe, daß auch ich den Mut habe zu reagieren, wenn ich einmal etwas Ähnliches sehe.«

»Und jetzt«, sage ich, »besuchen wir die Vogelspinne. Wo sie doch sozusagen dein Lieblingstier ist!«

Ich bin ein König, und du bist mein Krokodil

Onkel Harald und ich haben wirklich keinen Käfig ausgelassen. Der Papa macht immer schon nach dem Kragenbär schlapp. Er mag nur Bären. Alles was kleiner als ein Bär ist, interessiert ihn nicht. Onkel Harald hat mich wieder im Taxi bis vor die Haustür gebracht, nur schade, daß niemand aus meiner Klasse mich aussteigen gesehen hat.

Jetzt spüre ich vom vielen Gehen meine Beine, während Onkel Harald sich keinerlei Anzeichen von Müdigkeit anmerken läßt.

Als ich ihm von meinem Fenster aus zuwinken will, entdecke ich den Fenstergucker, der zu mir herüberstarrt. Er blickt mich ernst und mit unbeweglicher Miene an und scheint wie aus Wachs zu sein. Blitzschnell ducke ich mich, um aus seinem Blickfeld zu verschwinden, und hocke mich neben Bobo.

»Wie war es im Zoo?« fragt mein geheimnisvoller Hase.

»Schön«, sage ich und beginne zu erzählen. »Ich habe sogar fünf kohlrabenschwarze Hasenbabys gesehen, und eines hat sein Köpfchen in meine Hand gelegt, genau wie du damals beim Sepp.«

Ich denke oft an Sepp. Ich sehe ihn in die Wiese

hineinstolpern, sich plötzlich umdrehen und höre ihn schreien. Dann zerplatzt das Bild vom Sepp, und ich kann es für lange Zeit nicht mehr zusammenfügen.

»Ich werde dir zeigen, wo ich heute war«, wende ich mich Bobo zu, und wir richten uns gemeinsam vorsichtig auf, sodaß nur unsere Augen über das Fensterbrett spähen. Endlich ist der Bub weg.

»Dort war ich«, sage ich zu Bobo, und mein Zeigefinger deutet in Richtung Hauptstraße, stößt an die Dächer in der Ferne, berührt das Hochhaus im Osten der Stadt.

»Dahinter, siehst du, dort, wo der Baumstreifen ist, habe ich die fünf kohlrabenschwarzen Häschen gestreichelt.«

Da erscheint abermals der Kopf des Fensterguckers und blickt unverwandt zu uns herüber.

Jetzt packt mich eine riesige Wut. Ich strecke dem dummen Fenstergucker die Zunge raus, und – er lächelt!

Das Wachsgesicht zerschmilzt, der Mund verzieht sich immer mehr zu einem breiten Grinsen.

Der spinnt total, schießt es mir durch den Kopf, und Bobo nickt.

Wieder verschwindet der Junge vom Fenster, kehrt jedoch nach kurzer Zeit mit einem roten Luftballon, der eine dicke Knollennase hat, zurück und läßt das Luftballongesicht ein Stück aus dem Fenster schweben.

Der rote Ballon wippt und tanzt im leichten Wind, trotzdem kann ich nach einiger Anstrengung lesen, was auf der prallen Wange in schwarzen Filzstiftbuchstaben geschrieben steht: ICH HEISSE ALEXANDER, UND DU?

»Sophie!« brülle ich hinüber.

»Willst du mit mir spielen?« ruft Alexander zurück und zieht den Ballon ein.

Ich nicke. – Was hatte Onkel Harald gesagt? Du kennst den Jungen gar nicht. Vielleicht ist er ganz nett ...

Da strecke ich ihm die Zunge raus, schön lang und rot, und er fragt mich trotzdem, ob ich mit ihm spielen will! Vielleicht ist er nett, aber nicht ganz richtig im Kopf, vielleicht ist er ein bißchen wie der Sepp?

Ich düse die Treppe hinunter.

Wir stehen uns stumm und ein wenig außer Atem gegenüber.

»Hallo!« begrüße ich Alexander.

Alexander lächelt bloß.

So sag doch endlich etwas, denke ich. Alexander sieht aus, als würde er jeden Augenblick wieder zu Wachs erstarren. Vielleicht soll ich ihm noch einmal die Zunge rausstrecken, damit er spricht?

Als hätte er meine Gedanken erraten, sagt er plötzlich: »Weißt du, viele Kinder zeigen mir die Zunge. Sie glauben, daß ich blöd bin, weil ich sie immer nur anschaue und nichts sage. Die denken, ich bin eine Holzpuppe. So haben mich die Kinder in meinem Haus immer gerufen, als ich klein war: Holzpuppe! Hampelmann!«

»Ich hab' mich, ehrlich gesagt, auch gewundert ...«

»Klar. Ich hab' mir nämlich ein Spiel daraus

gemacht: So lange jemanden anzustarren, bis es ihm zu blöd wird.«

»Aha», sage ich betreten. »Du forderst die anderen also heraus?«

»Und *du* bist auch darauf reingefallen. Du hast – ich hab's genau gezählt –, alle Tage zusammengerechnet, elf Stunden, acht Minuten und zwei Sekunden gebraucht, bis du mir die Zunge gezeigt hast.«

Nicht Onkel Harald, sondern *ich* habe recht: Der Junge ist *nicht* nett.

»Du bist aber komisch«, sage ich.

»Ich weiß. Meine Mutter sagt das auch. Besonders seit der Papa mitsamt unserem Herd und dem Eiskasten durchgebrannt ist. Ich werde immer eigenartiger, sagt sie, aber es stimmt nicht. Ich bin schon immer so gewesen, wie ich eben bin.«

Ich stelle mir das irrsinnig komisch vor, wie ein Mann mit einem Eiskasten unter dem linken Arm und einem Herd unter dem rechten durch die Stadt rennt. Und hinter ihm lodert ein Schweif aus Feuer, weil der Mann ja durchgebrannt ist. Aber ich weiß sehr gut, daß es nicht wirklich komisch ist, sondern traurig.

»Kommt dein Papa wieder zu euch zurück?«

»Wie soll ich das wissen?« sagt Alexander achselzuckend. »Spielen wir? Siehst du das Wartehäuschen dort an der Straßenbahnhaltestelle?«

Ich blicke über die belebte Schienenstraße und nicke.

»Sagen wir, das ist eine Autobahnraststation, und die Hauptstraße da ist die Südautobahn.«

»Und? Sollen wir dort vielleicht Schnitzel und Pommes frites verkaufen?«

»Blödsinn! Ich bin der Autobahnkönig, und du bist mein Krokodil. Das Wartehäuschen ist unser Schloß und zugleich die mächtigste Hauptstadt meines Reiches. Und die Ampellichter sind gewaltige Edelsteine, die von Himmelsfäden herabhängen. Rote, bernsteinfarbene und grüne.«

»Aha«, sage ich, total überwältigt von so vielen Einfällen. Der stumme Alexander ist nicht wiederzuerkennen.

»Und wir denken uns aus, wohin all die Autos fahren«, erklärt er weiter. »Auf welche meiner Inseln und in welches fremde Land sie reisen wollen. Du und ich, wir bestimmen, wer an uns vorüber darf und wer nicht und was in den Wagen versteckt sein könnte.«

Wenigstens das klingt vertraut. Es erinnert mich an mein und Birgits Detektivspiel.

»Okay«, willige ich also ein. »Aber warum muß ich ausgerechnet ein Krokodil sein?«

»Weil ich eines brauche. Mit einem gewaltigen Rachen und starken spitzen Zähnen. Weil ich nämlich kein altmodisches Reich regiere, in dem es noch Prinzessinnen und Hofnarren gibt. Verstehst du? In meinem Land gibt es nur wilde Krokodile, die Autos fressen und Menschen ausspucken. Du mußt die Autos fressen, die ich dir befehle.«

»Wenn du ein König bist«, wende ich zaghaft ein, »könnte ich doch eine Königin sein. Königin Asphalt vielleicht?«

»Das geht nicht«, wehrt Alexander ab. »Du bleibst

das Krokodil. Früher haben sich die römischen Könige und die Kaiser Löwen gehalten!«

Mit diesen Worten zupft Alexander eine zerknitterte gelbe Pappkrone aus seiner Jackentasche und setzt sie sich auf den Kopf. Solche Pappkronen erhalten Kinder in manchen Autobahnrasthäusern. Ich habe meine Krone beim Ausgang des Lokals immer gleich in den Abfallkorb geworfen.

Der Autobahnkönig betrachtet sich in der spiegelnden Fensterscheibe einer Kaufhausauslage, an der wir vorbei müssen, um auf dem Zebrastreifen die Straße zu überqueren. Vor dem Eingang des Kaufhauses sitzt ein Blinder und bietet Glückslose an, während ein paar Schritte weiter eine Verkäuferin mit lauter hoher Stimme ausruft: »Pullover in allen Farben!«

»Muß die sich genau neben den blinden Mann hinstellen?« frage ich Alexander.

»Vielleicht hat sich der Blinde neben *sie* gesetzt?« fragt Alexander zurück. »Hör doch einmal, was sie sagt: Azurblau, Kirschrot, Meergrün ... Das ist für den Blinden wie Kino.«

»Oder wie träumen ...«

»Ist doch dasselbe, oder?«

Da reißt mich Alexander zurück, beinahe wäre ich in ein Auto gelaufen.

»Heh du! Träumst *du* vielleicht? Ich brauche ein wachsames Krokodil!«

Die Erwachsenen an der Straßenbahnhaltestelle sehen Alexander mit seiner Pappkrone teils belustigt, teils verwundert an. Aber Alexander kümmert es nicht.

Heute ist wirklich alles ein bißchen seltsam. Mittags war ich noch eine Präsidentin. Jetzt bin ich ein autoverschlingendes Ungeheuer.

»Da!« Alexander deutet aufgeregt auf einen mit langen Baumstämmen hochbeladenen Lastwagen. »Den stoppen wir, den verschlingst du als ersten! Der hat meine Fichtenwälder in einer geheimen Nacht- und Nebelaktion abgeholzt. Schluck ihn!«

Ich reiße weit den Mund auf, so weit ich nur kann.

»Geschluckt!« melde ich gehorsamst, als der Lastwagen um ein Häusereck verschwunden ist.

»Ich will aber selber auch bestimmen können«, protestiere ich nach dem fünften Personenwagen und dem zweiten Motorrad. Sogar einen Autobus habe ich schon in meinem Rachen verschwinden lassen.

»Gut«, sagt der König milde. »Du hast ordentliche Arbeit geleistet. Jetzt darfst du bestimmen, welche Leute du am Leben läßt und welche nicht.«

»Ich lasse alle am Leben«, verkünde ich. »Ein einziger, dem ein Haar gekrümmt wird, und ich fresse *dich!*«

Meine furchterregende Grimasse und meine drohende Stimme wirken.

Alexander weicht einen Schritt zurück.

»Gut«, willigt er ein.

»Und die Kinder, die lecke ich nur ab. Dann trage ich alle auf meinem Rücken nach Kassandrien.«

»Ist das eines meiner Länder?«

»Dein Reich ist zwar groß, doch dein Hirn nicht!« sage ich kühn. »Natürlich zählt Kassandrien zu deinen Ländern. Es ist jenes Land, in dem die Kinder frei über alles bestimmen dürfen. Sogar über den Schulunterricht.«

»Ach, du heiliger Bimbam«, jammert Alexander plötzlich. »Erinnere mich bloß nicht an die Schule.«

Er nimmt seine dumme Pappkrone ab und sieht wieder still und blaß aus.

»Kannst du es deinen Eltern je recht machen?« fragt er plötzlich.

»Was die Schule betrifft, nicht«, gebe ich zu. »Sonst geht es, denke ich.«

»Seit mein Papa abgehauen ist, verlangt die Mama, daß ich ein Musterschüler bin. Einer in der Familie soll es wenigstens zu etwas bringen, sagt sie. Und mein Vater fällt ja nun aus.«

»Du armer ...«, murmle ich.

Alexander spricht auf einmal leise vor sich hin, er sieht mich nicht an, redet in den vorbeibrausenden Verkehr hinein. Trotzdem verstehe ich, was er sagt.

»Dauernd nörgelt meine Mutter an mir rum!« beschwert er sich. »Sitz gerade, schmatz nicht, unterbrich mich nicht, patz nicht, halt die Hand vor! So geht das die ganze Zeit.«

»So was nehmen meine Eltern nicht so wichtig«, sage ich. »Dafür muß ich lauter gesunde Sachen essen. Nur wenn mein Papa kocht, schmeckt es mir.«

»Vorgestern hat dein Papa Obstsalat zubereitet und mit drei Orangen jongliert«, erzählt Alexander.

Ich staune nicht schlecht. Vom Jonglieren weiß *ich* gar nichts.

»Ich schaue immer zu euch hinüber, weil es bei euch viel lustiger ist als bei mir daheim.«

»Was weißt du denn noch alles?« frage ich erschrocken. »Ich meine, was siehst du denn alles?«

»Daß dein Vater dich oft um die Schultern nimmt und daß deine Mutter tanzt. Und daß eure Wände voller Pflanzen sind und auf dem Teppich jede Menge Palmen stehen. Wie im Urwald.«

»Du lieber Himmel!« rufe ich aus. Alexander wohnt ja schon fast bei uns.

»Viel kann ich nicht sehen«, fährt Alexander fort. »Aber was ich nicht sehe, denke ich mir dazu. Dein Zimmer ist so schön hell und freundlich und voller Stofftiere.«

Die Mama muß mir unbedingt allerschnellstens Vorhänge für mein Fenster kaufen. Die ziehe ich bummfest zu.

»Hast du vielleicht auch ein Fernglas?« frage ich spitz.

»Also weißt du ... So was tu ich nicht. Doch nicht mit einem Fernglas!« Hoffentlich bemerkt Alexander nicht, wie ich rot werde.

»Ich hab' keine Lust mehr zu spielen«, sagt Alexander dann. »Wann kommen deine Eltern heim?«

»So etwa um sieben. Gerade rechtzeitig zum Abendessen.«

»Du hast es gut. Meine Mutter kommt manchmal erst um sieben Uhr früh. Sie hat zweimal in der Woche Nachtschicht im Krankenhaus.«

»Da bleibst du ganz allein daheim? Die ganze Nacht?«

»Wer soll denn da sein? Der Supersheriff Balduin vielleicht?«

»Hast du keine Geschwister?«

»Nein, hab' ich nicht.«

»Ich auch nicht.«

»Mir bleibt gar nichts anderes übrig, als allein zu bleiben. Es ist nur eine alte Nachbarin da, die ich anrufen kann, wenn ich etwas brauche. Aber ich brauche nichts. Ich mag die alte Schreckschraube nicht, die fragt mir immer ein Loch in den Bauch, und dann muß ich von ihren ranzigen Keksen essen.«

»Ich würd' nie allein bleiben in der Nacht«, sage ich. »Wenn du willst, kannst du ab jetzt *mich* statt der Schreckschraube anrufen.«

»Na gut«, sagt Alexander. »Vielleicht lass' ich dich dafür das nächste Mal die Königin Asphalt sein. Aber nur einmal.«

Himbeergeist und Seeteufel

Als die Eltern heimkommen, habe ich viel zu erzählen.

»Ich habe seit einer Woche einen Onkel«, verkünde ich den Eltern stolz beim Abendessen. »Einen Japaner aus dem Burgenland. Und ich habe ihn mir selbst ausgesucht.«

Mama und Papa sehen mich an, als würden mir plötzlich lila Haare aus der Nase wachsen.

»Eigentlich«, fahre ich fröhlich fort, »ist er nur ein halber Onkel, denn ich habe ihn mir mit Birgit geteilt. Er ist *ihr* Onkel. Er besitzt die größte Micky-Maus-T-Shirt-Fabrik im ganzen japanischen Reich!«

Ich bin beeindruckt, wie schön ich das gesagt habe.

»Soll das ein Witz sein?« fragt der Papa und läßt seinen Löffel in die Suppe platschen. Schon leuchtet der erste Fleck fettaugengelb und schnittlauchgrün auf seinem himmelblauen Hemd.

»Bei Sophie kann man das nie wissen«, meint die Mama trocken. »Es könnte durchaus stimmen.«

Ich versuche, Onkel Harald zu beschreiben.

»Er ist groß und hat einen Bart genau wie du, Papa. Deiner ist schöner. Er hat mich auch schon auf eine Pizza eingeladen, und bei ihm bleibt auch alles hängen. Im Bart. Und heute sind wir im Zoo gewesen. Er liebt Vogelspinnen.«

Jetzt fällt Mamas Löffel zwischen schwimmende Frittaten, und die Suppe spritzt auf den Tisch. »Ich habe ihn für morgen zum Abendessen eingeladen«, füge ich eine Spur gedämpfter hinzu. »Damit ihr Onkel Harald kennenlernt.«

»Wie nett!« sagt der Papa, gar nicht nett.

»Du hättest uns doch wenigstens vorher fragen können!«

Das mittlere Haarbüschel von Mamas rotem Stirnhaar richtet sich leicht auf. Das tut es immer, wenn sich die Mama besonders ärgert.

»Onkel Harald fährt schon in einem Monat wieder nach Japan zurück«, versuche ich die plötzliche Einladung zu erklären.

»Das scheint die beste Nachricht des heutigen Abends zu sein«, sagt der Papa und schnauft durch die Nase.

Das ist *sein* Warnsignal, wenn *er* sich ärgert.

Schon legt er los: »Dir ist also mir nichts dir nichts ein Onkel zugeflogen, den du wie ein Schnitzel mit Birgit teilst und morgen zum Abendessen mitbringst? Haben deine Mutter und ich richtig verstanden? Oder sind wir so müde, daß wir nur noch japanisch verstehen?«

»Wahrscheinlich!« sage ich aufgebracht. »Denn auf deutsch begreift ihr es ja doch nicht.«

»Nun mach aber einen Punkt, Sophie!« Der Papa unterstreicht den Punkt mit einem Faustschlag auf den Tisch.

»Du kannst doch nicht einfach irgendwelche Leute nach Hause bringen!« ruft die Mama ärgerlich, »und schon gar nicht zum Essen. Kochst *du* vielleicht?«

»Ja«, behaupte ich. »Und zwar werde ich morgen die dottrigste Eierspeise im ganzen Land servieren. Außerdem ist Onkel Harald nicht irgendwer. Ihr bringt ja auch öfter wildfremde Leute heim. Komische Geschäftsleute und Freunde, von denen ich noch nie etwas gehört habe.«

»Müssen wir dich vielleicht erst um Erlaubnis fragen, wenn wir Gäste einladen wollen?« fragt der Papa.

»Nein«, sage ich. »Aber ich kann das gleiche machen. Noch dazu handelt es sich um ein Familienmitglied. Onkel Harald ist lieb und lustig und hört ganz lange zu, wenn ich ihm von mir und von euch erzähle.«

»Du Schreck um Mitternacht!« stößt die Mama aus. »Dann weiß er bestimmt auch schon, daß der Papa wie ein Traktor schnarcht und von sechs bis sieben Uhr früh am Klo sitzt und textet.«

»Onkel Harald schnarcht auch. Wie ein Preßlufthammer, sagt seine Frau. Deshalb findet er den Papa sehr sympathisch.«

»O Doppelschreck zur Geisterstunde«, stöhnt der Papa und rauft sich das Haar, sodaß es wie Mamas Igelfrisur in die Höhe steht.

»Ihr solltet euch jetzt in den Spiegel schauen!« pruste ich los. »Ihr seht vielleicht aus! Wie die Zombies.«

»Und wer, du Oberzombie, wird unsere Wohnung aufräumen, wenn du uns schon solche Überraschungen bescherst?« fragt die Mama und springt auf. »Schau, wie es hier überall aussieht!«

Wie nach einem Raketeneinfall, denke ich und

wundere mich, daß wir am Morgen immer noch rechtzeitig all unsere Sachen finden. Bei uns hat eben jeder seine eigene Unordnung. Seit neuestem legt der Papa seine Socken abends in die Palme neben seinem Bett und hängt seine grellbunten Krawatten über die Pflanzentöpfe an den Wänden.

»Die violetten Blumen auf meiner Krawatte sehen glatt wie Orchideen aus«, hat der Papa gestern abend gefunden. Ich bin sicher, die Eltern laden nur deshalb öfter Gäste ein, damit sie gezwungen sind, hin und wieder das, was in die Schränke gehört, auch in die Schränke zu legen.

»Du brauchst gar nichts wegzuräumen«, versuche ich die Mama zu beruhigen. »Onkel Harald weiß bereits, ...«

» ... wie es bei uns aussieht«, unterbricht sie mich.

»Nicht ganz«, schränke ich ein. »Dafür macht Onkel Harald genauso viele Flecken auf seiner Kleidung wie Papa, und er ist ...«

»Aha«, unterbricht mich nun der Papa. »Er ist also ebenfalls ein Kleckerfritze. Nun wissen wir schon mehr über ihn als seine eigene Großmutter. Unser japanischer Verwandter aus dem Burgenland schnarcht und patzt. Ich muß sagen, er wird auch mir langsam sympathisch.«

Das finde ich echt gut an meinen Eltern. Sie regen sich nie lange auf. Nicht wie Birgits Mutter oder die Eltern von Oliver, die endlos weiterschimpfen, wenn sie erst einmal begonnen haben. Ich glaube, daß nur deshalb wenige Kinder davon erzählen, wenn sie etwas angestellt haben, weil die Eltern einfach zuviel und zu lange über die Sache reden. Sie walken eine Angelegenheit breit und lang wie einen Strudelteig. Ich war einmal dabei, als Birgits Mutter herausgefunden hat, daß meine Freundin statt in die Klavierstunde mit mir ins Kino gegangen ist. Erst hat die Mutter wie eine steckengebliebene Platte immer wieder dieselben Sätze wiederholt: Es ist doch nicht zu glauben ... und: Das darf doch nicht wahr sein! Dann ist die Dauerpredigt gefolgt. Wie das ist, wenn man jemandem nicht trauen kann, und wie schnell aus einer Lüge ein Lügenberg wird. Und erst das Geld! Das Geld, das der Klavierunterricht kostet und das Birgit einfach zum Fenster hinausschmeißt. Aber ich und Birgit haben gedacht, daß es im Kino ganz gut gelandet ist, und uns heimlich angegrinst.

Bei meinen Eltern ist das zum Glück anders.

Am nächsten Tag stehen Mama und ich vor den übervollen Regalen im Supermarkt, weil eine Eierspeise allein doch kein Menü für einen japanischen Gast ist.

Die Mama ist in unserem riesigen Supermarkt immer wie hypnotisiert und fällt so ziemlich auf alle Werbeangebote herein. Der Papa meint, sie sei ein hoffnungsloser Fall. Darauf sagt die Mama immer: All die hoffnungslosen Fälle, die das kaufen, wofür du wirbst, sind genau dein Publikum! Dann packt sie Katzenfutter aus, auf dem draufsteht, daß man eine Traumreise gewinnen kann, obwohl wir gar keine Katze haben, und stellt fünf Dosen Bohnen auf den Küchentisch, weil man beim Kauf von fünf Kilo ein halbes Kilo Bohnen spart. Dabei kriegen der Papa und ich von Bohnen regelmäßig Bauchweh.

»Mama! Du legst deine Sachen schon wieder in einen falschen Wagen!«

Auch das macht die Mama immer wieder. Sie schaut überhaupt nicht hin, ob der Einkaufswagen, in den sie die Lebensmittel legt, auch wirklich ihr gehört, steuert zur Kassa und irgend jemand im hintersten Gang sucht verzweifelt sein Abendessen.

Jetzt wendet sich die Mama der Gesundheitsecke zu. Bloß das nicht! Ich ziehe sie am Ärmel in Richtung Delikatessen.

»Der Papa will für Onkel Harald etwas Ordentliches kochen!«

»Wie wäre es mit Schweinsbraten und Rotkraut«, schlägt die Mama überraschend vor, »und ...«

» ... Semmelknödel!«

»Und Kaiserschmarren mit Zwetschkenröster. So was hat er in Japan nicht.«

»Nein«, stimme ich zu. »Dort hatten sie nur den Kaiser. Ohne Schmarren.«

Der rotgesichtige Fleischer hackt in einem einzigen fürchterlichen Hieb ein dickes Stück vom Schweinernen ab. Die Finger, die den kurzen Holzgriff umklammern, sehen wie kleine Würste aus.

Mich ekelt vor dem rohen Fleisch. Aber wenn es gebraten und mit Saft auf dem Teller liegt, habe ich den Ekel vergessen.

Da fällt mein Blick in einen Einkaufswagen neben der Tiefkühltruhe.

Auf einer großen Packung Fisch steht in blauen fetten Buchstaben: Seeteufel. Daneben liegt eine Flasche Himbeergeist und ein Glas mit Weinbergschnecken in einer trüben Flüssigkeit.

»Igitt!« rufe ich leise aus. »Schau einmal, Mama! Das muß ein grauslicher Mensch sein, der Seeteufel und Schnecken ißt.«

»Dein Onkel Harald verspeist höchstwahrscheinlich Haifischsteak und faule Eier. Das ißt man in Japan.«

»Ehrlich?« frage ich entsetzt.

»Und in Frankreich serviert man dir Froschschenkel, und hier essen die Leute Kalbshirn und Rinderzunge.«

Mir dreht sich der Magen um, obwohl ich selbst schon Zunge gegessen habe.

»Deshalb bleibe *ich* bei Tofu, Soja und Dinkellaibchen«, sagt die Mama ruhig und schlendert mit hocherhobenem Kopf auf die Obst- und Gemüseabteilung zu. Gezielt wählt sie gelbgesprenkelten Endiviensalat, schrumpelige Bio-Äpfel, verkümmerte Orangen und runzelige Melonen.

»Schau«, demonstriert sie laut und läßt mich an einer Orange drücken: »*So* muß sie sich anfühlen. Fest und prall, dann ist sie saftig.«

Die Mama angelt nach einer grünlichen Melone, schnippt mit Daumen und Zeigefinger dagegen, umkreist sie mit ihrer Nase. Einige Hausfrauen sehen bereits aufmerksam zu.

»Sie muß duften und ein sattes Peng beim Anschnipsen erzeugen. Ja kein hohles Pong!«

Drei Frauen schieben ihren Einkaufswagen heran,

um besser zu hören. Ich wäre am liebsten eine unscheinbare Tomate im Korb.

Die Mama dreht eine dicke Zitrone länger zwischen den Fingern und hält sie mir hin, damit ich sie ebenfalls abtaste.

»Die Zitrone«, lehrt sie weiter, »stammt ursprünglich aus Asien. Das Bäumchen trägt Blüten und Früchte zugleich.«

Die Mama streicht über die sonnengelbe Wölbung.

»Die Schale muß dünn und feinporig sein. Dann ist sie gut.«

Die Zuhörerinnen greifen nach Zitronen und Orangen und drehen sie wie die Mama prüfend in ihren Händen.

Die Mama kann zwar nicht kochen, aber sie weiß viel über Früchte und Gemüse und all die gesunden Vitamine und Mineralien, die mich groß und stark machen sollen.

Als wir heimkommen, ist der Papa wütend.

Ihm ist es völlig egal, ob die Zitrone aus Asien oder aus Grammatneusiedel stammt.

»Habt ihr den halben Supermarkt leergekauft, oder warum kommt ihr so spät? Unser neuer Onkel erscheint hier blankgeputzt in zwei Stunden, und ich soll mir nichts, dir nichts ein fünfgängiges Menü aus dem Ärmel schütteln!«

»Drei Gänge genügen auch«, meint die Mama trokken.

»Bei dir vielleicht. Bei mir nicht!«

Wenn der Papa kocht, führt er sich auf wie ein Meisterdirigent, der vor einem vielstimmigen Orchester steht, während es gleichzeitig in den verschiedensten Töpfen und Pfannen gluckst, zischt, pfeift und blubbert.

Die Mama geht mit einem Korb in den Garten, um von unserem mickrigen Bäumchen Zwetschken zu pflücken, und ich helfe beim Kartoffelschälen. Leider werden die Kartoffeln in meiner Hand klein wie Kastanien.

»Laß!« Der Papa entwendet mir das Schälmesser. »Versuch es mit den Zwiebeln.«

Bei den Zwiebeln muß ich immer gleich weinen. Ich schneide mich fast in den Finger, weil ich immer wieder die Augen zukneifen muß und dann alles verschwimmt.

»Laß!« sagt der Papa und schiebt mich zu den Eiern ab.

»Schlag sie schon einmal für den Kaiserschmarren auf.«

Kaputtmachen, das kann ich. Das geht leicht. Ich werfe die Schalen in den Mistkübel.

»So eine Frechheit, Papa!« rufe ich erbost aus. »Du hast schon wieder alles zusammen in den Mist geschmissen, wo die Mama und ich uns so bemühen, Gläser, Papier und Dosen zu trennen.«

»Das nächste Mal«, verspricht der Papa und pinselt den Braten mit Öl ein. »Wenn es nach euch ginge, bräuchten wir bald mehr Mistkübel als Kochtöpfe!«

»Unfair! Du bemühst dich überhaupt nicht!«

»Unfair bist du, weil du mich beim Kochen störst. Am Ende kriegt dein japanischer Burgenlandonkel noch Schuhsohlensteak mit Flußsteinen statt Braten mit Semmelknödeln.«

»Das wär' ihm bestimmt egal, wenn er wüßte, wie du mit der Natur umgehst. Er setzt sich nämlich für die Pandabären ein.«

»Das wäre mir auch lieber, als den Mist zu trennen.«

Der Besuch

Als Onkel Harald läutet, habe ich plötzlich Bauchweh. Genau wie damals, als wir im Höllentempo die Achterbahn hinuntergedonnert sind.

»Na, ich bin neugierig«, murmelt der Papa und öffnet mit einem vielsagenden Blick auf mich die Wohnungstür.

»Wir werden ja gleich sehen, wen du uns da geschickt hast«, meint die Mama. Die Eltern tun gerade so, als hätte ich einen Marsmenschen eingeladen.

Jetzt stehen sie sich gegenüber: der Traktorpapa und der Preßlufthammeronkel. Sie mögen einander auf Anhieb, denn sie strahlen beide wie die Sonne in Griechenland, die ich so gut kenne. Sie sehen einander sogar ähnlich, wie in einer richtigen Familie. Das macht nicht nur der Bart. Sie sind auch gleich groß und haben fast die gleiche Nase. Papas Nase ist eine Spur knolliger, dafür ist Onkel Haralds Bauch gewölbter.

»Der ist ja riesig!« ruft die Mama aus.

Sie meint den Blumenstrauß, der sich unter dem weißen Seidenpapier jedoch als Madagaskarpalme entpuppt.

»Sie wissen sogar schon, daß ich Palmen sammle?«

»Sophie hat mir viel von Ihnen erzählt«, sagt Onkel Harald hierauf und drückt mir einen kuscheligen Stoffaffen in die Arme. »Direkt aus dem Zoo«, sagt er.

»Dann kommen Sie doch bitte mit in unseren Urwald«, lädt die Mama unseren Gast ins Wohnzimmer ein.

Der bleibt erst einmal staunend über die grüne Pracht stehen, schnuppert ein bißchen und wackelt mit den Ohren.

»Ich rieche das Fell eines Tigers und höre das Zischen einer Anakonda«, stellt er im Urwaldzimmer mit dramatischer Stimme fest.

Das Zischen vernehme ich auch. Es rührt vom Schnellkochtopf aus der Küche her, und ich hoffe insgeheim, daß es nicht der Schweinebraten ist, der nach Tiger stinkt.

»Noch ein paar Bambuszweige, und hier würde sich auch einer meiner Lieblinge ganz zu Hause fühlen«, meint Onkel Harald, die Pflanzenvielfalt bewundernd.

»Ich tippe, daß Sie mit dem Liebling Ono, Ihre jüngste Tochter, meinen«, versucht die Mama zu erraten. »Die, die nach Vanille riecht ...«

»Oho!« ruft Onkel Harald aus. »Ich sehe, Sie sind über mich und meine Familie fast ebensogut informiert wie ich über Sie beide.«

»Dank Sophie, unserer Plaudertasche«, meint der Papa und wirft mir wieder einen eigenartigen Blick zu.

»Ich habe vorhin jedoch nicht Ono, sondern meine Pandabären gemeint, für die ich mich einsetze«, sagt Onkel Harald lachend.

»Ach ja«, sagt der Papa. »Die Pandabären und die Mistkübel ...«

»Papa!« rufe ich entsetzt aus.

»Geben Ihnen Ihre Kinder auch Aufklärungsunterricht in Umweltschutz?« fragt der Papa, ohne meinen Aufschrei zu beachten.

»Nicht gerade in Umweltschutz, denn da kenne ich mich ziemlich gut aus, aber dafür in Sachen Mode, T-Shirts ausgenommen.

Parashuti findet zum Beispiel, daß meine Hose nicht zum Muster meines Sakkos paßt und daß mein Hut wie ein umgestülpter Nachttopf aussieht. Yoko wiederum meint, daß ich über die aktuellen Stars der Musikszene besser Bescheid wissen sollte.«

»Und wahrscheinlich auch über die neuesten Computerspiele«, flicht die Mama ein. »Wenn möglich, sollte unser Hirn dabei schneller arbeiten, denn ...«

»... wir Eltern sind von Natur aus schwer von Begriff, wir kapieren rein gar nichts«, vollendet der Papa den Satz.

Was ist denn das? Eine Verschwörung? Was schauen mich denn alle drei so grinsend an? Jetzt müßten Birgit, Alexander und Oliver hier sein, damit die Aufteilung der feindlichen Lager gerecht ist.

»Ihr seid unfair«, stelle ich fest und verschwinde in der Küche, um meinen Eierspeisenauftritt vorzubereiten.

»Alle zu Tisch!« rufe ich nach einer Weile ins Wohnzimmer und schlage dreimal feierlich mit dem Kochlöffel gegen den Rotkrauttopf als Gong. Geschickt balanciere ich die dottrigste Eierköstlichkeit im ganzen Land auf einem weißlackierten Tablett und stelle einen mit Petersilienblättern und Tomatenrädchen bunt garnierten Teller vor Onkel Harald hin.

»Das ist ja die reinste Augenweide!« lobt er mich und läßt den ersten Bissen auf der Zunge zergehen, wie ich meine karierte Schokolade. »Mmmmh ... das schmeckt paradiesisch«, fügt er mit geschlossenen Augen hinzu.

Trotzdem findet er kurz darauf Papas Schweinsbraten noch unwiderstehlicher, denn er nimmt sich von allem nach, obwohl er bei jeder neuen Portion stöhnt: »Ich platze. Aber lieber platze ich, als daß ich diese Herrlichkeit stehenlasse.«

Mir fällt auf, daß Onkel Harald heute besonders blumig spricht: paradiesisch und Herrlichkeit und so ...

Ich sage es ihm.

»Das kommt daher, weil wir in Japan manchmal unter Erwachsenen sehr umständlich reden und eine eher bildhafte Sprache verwenden. Wir gehen anders miteinander um als die Leute hier in Europa.«

»Die Japaner sind wesentlich höflicher als wir, nicht wahr?« sagt die Mama. »Im großen und ganzen schon«, bestätigt Onkel Harald. »Eigentlich kann man als Ausländer nie ganz in die Lebensweise eines Japaners hineinschlüpfen. Man bleibt mehr oder weniger ein Außenseiter.«

Da brauche ich gar nicht erst bis nach Japan zu fahren, überlege ich. Ich denke dabei an Dunja, das jugoslawische Mädchen in unserer Klasse, das noch immer keine richtige Freundin hat.

Onkel Harald erzählt von dem Land, in dem er nun schon so viele Jahre lebt. Zum Beispiel, daß die Japaner zu Neujahr zu Tausenden an die Strände pilgern, um die aufgehende Sonne zu begrüßen, weil sie einer Legende nach von der Sonne und von einem Reiskorn abstammen.

Da läutet es an der Tür.

Es ist Herr Oberamtsrat Leibold, der nicht von der Sonne, sondern vom allerfinstersten Mondzipfel herkommt und unter uns wohnt. Es ist eine Frechheit, daß er fast genauso heißt wie wir. Wir heißen Leubold.

»Ihre Tochter hat schon wieder ihr Fahrrad im Hauseingang abgestellt statt im Keller«, höre ich den Oberamtsrat lautstark schimpfen. »Und was da sonst noch alles herumliegt. Ein unappetitlicher gelber Teller!«

»Das ist mein Frisbee, Papa«, rufe ich ins Vorzimmer.

»Und ein paar dreckige Schuhe liegen seit Tagen unter den Briefkästen.«

»Das sind meine Rollschuhe!«

»Hör bitte auf, ins Vorzimmer hinaus zu brüllen«, weist mich die Mama zurecht.

»Aber wieso denn? Der Oberdingsda brüllt doch auch. Da, hör dir das an!«

»Glauben Sie vielleicht, wir sind hier am Balkan?« wettert Herr Leibold.

»Auf den Balkan gehören vielleicht Sie«, schimpft der Papa zurück. »Obwohl es dort viel zu schön für Sie ist. Außerdem können Sie sich meinetwegen am Salzamt beschweren und ...«

Die Mama läuft hinaus, um den Papa zu beruhigen. Ich werde rot wie das Rotkraut auf meinem Teller. Jetzt gibt mich mein ausgewählter Onkel bestimmt zurück, weil man in Japan doch so höflich ist und sich nicht gegenseitig anbrüllt, denke ich.

»Weißt du«, beginne ich zögernd. »Wenn der Papa jemanden nicht leiden kann und eine Wut kriegt, dann ... dann muß er den Zorn erst einmal wieder loswerden. Aber wenn er jemanden mag, kann der fast alles von ihm haben.«

»Mir geht es ähnlich«, gibt Onkel Harald zu. »Ich explodiere schnell. Wie ein defekter Dampfkessel.«

»Der Papa sagt immer, daß er und ich Wutzwiebeln sind. Wir lassen Schale für Schale die Wut fallen und glänzen anschließend wieder frisch wie eh und je.«

»Der Dampfkessel und die Zwiebeln passen ganz gut zusammen«, meint Onkel Harald und lächelt, während der Streit im Vorzimmer weiterläuft.

»Du solltest den Oberdingsda einmal sehen«, sage ich. »Sein kahler Kopf sieht wie eine Glatze mit Wellen aus, und seine Augen quellen wie Froschaugen vor, besonders wenn Herr Leibold den Papa sieht. Weil der seine Frau einen Besenstiel von Hotzenplotz genannt hat.«

»Hat er das?« fragt Onkel Harald erstaunt.

»Nicht direkt, aber doch. Seine Frau ist nämlich eine Gräfin. Eine echte. Und dünn wie eine Besenstange. Gleich als wir eingezogen sind, hat sie sich bei der Mama angekündigt, um sich zu beschweren. Weil meine Mama immer den Kinderwagen im Stiegenhaus stehen gelassen hat. Als der Papa an diesem Tag vom Büro heimgekommen ist, hat er angenommen, daß die Gräfin längst in ihren gräflichen Gemächern verschwunden ist. – ‚Na', hat er beim Aufsperren der Wohnungstür laut gerufen. ‚Wie war's mit der alten Besenstange von Hotzenplotz?'

‚Die ... die ist gar nicht gekommen', hat die Mama erschrocken zurückgerufen, ‚aber die Gräfin ist da!' hat sie den Papa warnen wollen. Da ist die Gräfin aufgesprungen und wie ein Dampfboot bei unserer Wohnung hinausgerauscht. So hat es mir die Mama erzählt.«

Als die Eltern wieder hereinkommen, steht Mamas Haarbüschel in die Höhe, und der Papa schnauft durch die Nase.

»Eingebildeter Auerhahn!« schimpft er.

»Ich reg' mich auch so leicht auf«, gesteht Onkel Harald nun auch dem Papa. »In Japan habe ich jedoch gelernt, meine Abneigung nicht offen zu zeigen.«

»Aber wenn du jemanden gern hast, zeigst du es schon«, behaupte ich.

»Ihr drei«, sagt Onkel Harald, »seid der beste Beweis dafür.«

»Eigentlich«, meint der Papa hierauf, »könnten wir uns in der Familie d u sagen.«

Das Klirren unserer Gläser klingt viel feierlicher als das dumpfe Plopp der Eisbecher im Zoo.

Wieder läutet es. Diesmal ist es das Telefon. Die Mama geht ran.

»Für dich Sophie!« ruft sie. »Ein Alexander ... Geht der in deine Klasse?« flüstert sie mir neugierig zu, noch ehe ich den Hörer in der Hand halte. »Wer ist denn das?«

Ich winke ungehalten ab und deute der Mama, die sich vor dem Telefon aufpflanzt, ins Zimmer zu gehen.

»Hallo, Sophie! Könntest du für drei Tage mein Meerschweinchen nehmen?« fragt mich Alexander. »Mein Papa hat mich eingeladen, bei ihm zu wohnen, aber leider ohne meinen Tschoko. Er muß immer niesen, wenn er ihn sieht. Er hat eine Allergie.«

»Du hast ein Meerschweinchen?«

»Ja, ein ganz junges. Nimmst du es? Ich bring' dir Streu und alles mit. Ich könnte es dir jetzt gleich rüberbringen.«

»Du, das geht leider nicht, meine Eltern erlauben kein Tier in der Wohnung.«

»Dann weiß ich niemanden, bei dem ich es unterbringen könnte. Die Mama fährt nämlich zu meiner Oma, und es ist keiner daheim. Jetzt kann ich auch nicht meinen Vater besuchen.«

»Weißt du was?« flüstere ich hastig in die Sprechmuschel, »bring das Meerschweinchen einfach rüber. Gleich, solange mein Onkel da ist.«

In meinem Bauch macht die Freude einen Luftsprung.

Das ist *die* Gelegenheit! Wenn Tschoko erst einmal hier ist, werden ihn die Eltern nicht wieder wegschicken. Schon gar nicht vor Onkel Harald mit seiner Vorliebe für Pandabären. Ein Babymeerschweinchen ist gerade so groß wie das Ohr von so einem Bären!

»Wer war denn das?« fragt die Mama, sobald ich das Zimmer betrete.

»Von wo kennst du den Jungen?« will der Papa wissen.

»Immer fragt ihr gleich so viel«, sage ich.

»Eltern sind von Natur aus neugierig«, meint Onkel Harald. »Und ich bin es auch.«

»Das war der Bub von gegenüber. Der Fenstergucker. Weißt du, Onkel Harald, ich habe heute sogar mit ihm gespielt. Er ist doch nett. Du hast recht gehabt.«

»Oho!« ruft der Papa betroffen aus. »Du bist also bereits über unsere Nachbarn informiert, lieber Harald. Da weißt du ja mehr als wir!«

»Daß er ein Meerschweinchen hat, das Tschoko heißt, hat Onkel Harald nicht gewußt. Ich auch nicht«, sage ich. »Es ist ganz süß und noch ein Baby, sagt Alexander. Es ist wirklich winzig, und er bringt es rüber ... Jetzt gleich ... darf ich den Tschoko für drei Tage behalten? Bitte!«

»Nun hol einmal Luft!« unterbricht mich der Papa.

»Für drei Tage könnten wir es schon nehmen«, meint die Mama und zwinkert mir zu.

»Tiere fördern das harmonische Zusammenleben in der Familie«, bestätigt Onkel Harald gerade im richtigen Augenblick, als Alexander mit dem Käfig vor der Tür steht.

»Was?« Der Papa fährt hoch. »Das Meerschweinchen ist schon da, und du tust so, als würdest du uns um Erlaubnis fragen, Sophie?«

»Bitte, Papa ...«

»Ist das nicht ein bißchen viel auf einmal für einen einzigen Tag?« raunt mir der Papa leise zu. »Erst kriegen wir einen Onkel geschenkt, dann ein Meerschweinchen geborgt, und wer weiß, wer sonst noch aller bis Mitternacht kommt.«

Um Mitternacht sind dann die Läuse gekommen.

Aber davon habe ich Onkel Harald nichts erzählt.

U-Dong und U-Deng

Diesmal wartet Onkel Harald nicht in einem schönen, schwarzen Taxi vor der Schule.

»Wir gehen zu Fuß«, schlägt er vor. »Das japanischc Restaurant, in das ich euch einladen möchte, ist nicht weit von hier.«

Daß Birgit heute mitkommt, ist mir gar nicht recht. Auch wenn es eigentlich ihr Onkel ist. Aber sie kriegt ohnehin immer alles, was sie will.

Einmal wäre *ich* wo gewesen, wo sie noch nicht war. Außerdem hat sie in der Deutschstunde behauptet, daß ich in Oliver verliebt sei, obwohl es kein bißchen stimmt.

Ich glaube wirklich, ich bin in Patrick verliebt. Aber ich weiß es noch immer nicht genau. Bobo sagt, daß es so ist, weil mein Herz anders klopft, wenn ich ihm von Patrick erzähle.

In dem japanischen Restaurant ist es kühl und still wie in einer geheimnisvollen Grotte. Sanftes Licht strahlt von der Decke und von den Wänden, an denen eigenartig bemalte Masken auf uns herabblicken und uns beobachten. Ein kleiner, rundlicher Japaner in einem dunklen Anzug kommt auf unseren Tisch zu und reicht jedem von uns still lächelnd die Speisekarte.

»Was wollt ihr essen?« fragt Onkel Harald und setzt sich eine dicke Hornbrille auf, hinter der er wie ein Uhu aussieht.

»Shabu Shabu oder vielleicht Sukiyaki? Oder möchtet ihr lieber Girashisushi?«

Wie das klingt! Ich kann mir gar nicht vorstellen, daß irgend jemand diese Sprache versteht.

»Ach!« Onkel Harald greift sich an die Stirn. »Entschuldigt! Ich habe ganz vergessen, daß ihr ja nicht wißt, was die Namen der Speisen bedeuten.«

Bloß kein Haifischsteak oder faule Eier! Sicherheitshalber habe ich ein besonders großes Stück grün-orange-blau-karierter Schokolade eingesteckt.

»Meine Kinder bestellen oft U-Dong und U-Deng«, sagt Onkel Harald. »Versucht es einmal. Das eine ist ein Nudeleintopf, und das andere ein Fischbällcheneintopf.«

»Ich möchte die Nudeln«, entscheide ich.

»Mir ist es egal. Ich ess' auch die Fische«, meint Birgit.

Bestimmt ahnt sie nichts von den Haifischen, die feingeschnipselt auf ihrem Teller landen werden.

»Ich war dieses Wochenende in Venedig«, sagt sie plötzlich, nachdem wir beim Kellner bestellt haben. »Die Mama hat dort einen Vortrag über Kunstschätze gehalten und mich gleich nach der Schule am Freitag mitgenommen.«

Wenn *ich* an Freitag denke, läuft mir gleich wieder ein kalter Schauer über den Rücken und bis unter die Fußsohlen, aber dieser Schauer hat nichts mit dem Brüllen des Löwen zu tun.

Eben serviert der füllige Ober eine dicke weiße Suppe, in der grünes Gemüse schwimmt.

»Eine Spezialität«, sagt Onkel Harald und fordert uns auf zu kosten. Mich würde die Mama nie auf eine ihrer Tagungen mitnehmen, und Schule schwänzen dürfte ich auch nicht wegen einer Reise. Von der Vier in Rechnen habe ich den Eltern noch nichts erzählt. Nur Bobo weiß davon. Er meint, ich bräuchte nicht traurig sein. Der Wiese und den Blumen sei meine Note egal. Sie blühen trotzdem weiter für mich.

»Ich war auch schon in Dänemark, in Holland, in Griechenland, in Spanien und in Frankreich«, zählt Birgit stolz auf und löffelt die heiße weiße Brühe.

»In Griechenland war ich auch schon«, sage ich. »Und in Italien.«

Da fällt mir noch ein Land ein. »Ich war sogar schon in Kanada«, behaupte ich.

»Wirklich?« Birgit horcht auf.

Ich nicke. Weil es stimmt. Ich bin im Bauch von meiner Mama nach Kanada geflogen, weil sie damals mit mir im sechsten Monat schwanger war.

Aber *das* sage ich nicht.

»Da ich es offensichtlich mit zwei Weltreisenden zu tun habe, lade ich euch hiermit herzlichst nach Japan ein«, sagt Onkel Harald.

»Zur Vanillesonnenbabypuderapfelmandarinenfamilie?« frage ich.

»Das hast du dir aber gut gemerkt!«

»Wer ist denn das?« fragt Birgit.

Ich freue mich diebisch, daß ich etwas weiß, was sie

nicht weiß und daß der Onkel schon richtig mir gehört.

»Das sind meine duftenden Kinder und meine duftende Frau«, erklärt Onkel Harald und lacht.

Da legt Birgit erst richtig los mit ihrer Angeberei. Sie erzählt von Venedig und von Hunderten Tauben auf dem Markusplatz und vom Gondoliere, der nur für sie ein Lied gesungen hat, während der ewig lächelnde Kellner U-Deng und U-Dong serviert und die Speisenamen so ausspricht, als hätte er eine verstopfte Nase.

Mir gefällt die verstopfte Nase und Birgit auch. Wir beschließen, uns in der Schule nur mehr mit U-Deng und U-Dong zu begrüßen.

»Und was hast *du* Schönes am Wochenende gemacht?« fragt Onkel Harald mich. »Sicher hast du viel mit dem Meerschweinchengast gespielt.«

Ich nicke, weil mein Mund gerade voll U-Dong-Nudeln ist.

»Du bist ja heute so still«, stellt Onkel Harald fest.

Es fällt richtig auf, wenn ich nicht rede. Der Papa meint manchmal, ich hätte die Plapperitis und es sei kein Kraut dagegen gewachsen. Aber Birgit, die ist schon gegen mich gewachsen, auch wenn sie meine Freundin ist. Gegen Birgit komme ich nicht auf. Wenn ich rede, rede ich leise. Auch in der Schule muß ich mich immer erst bemerkbar machen, damit mir die anderen zuhören. Wenn Birgit den Mund aufmacht, hat sie gleich eine Gruppe von Klassenkameraden um sich.

»Glaubst du, dein Papa erlaubt dir jetzt, ein Meerschweinchen zu halten?« fragt Onkel Harald.

»Leider nicht. Weil alles ein bißchen anders gekommen ist, und weil auch der Papa angeblich auf die Meerschweinchenhaare niesen muß. Ich bin jedoch sicher, daß er nur einen ganz normalen Schnupfen hat.

Außerdem war Tschoko plötzlich verschwunden. Und der Papa war schuld. Der hat auf einmal, ohne Vorwarnung, meine Kinderzimmertür aufgerissen, und da ist es passiert.«

»Was denn?« fragen Birgit und Onkel Harald gleichzeitig, während er mir grünen Tee einschenkt, der mich stark an Mamas Gesundheitstee erinnert.

»Das war so«, beginne ich zu erzählen. »Erst ist der kleine Tschoko nur ganz still in seinem Käfig gehockt, und zwar versteckt unter einem braunen Pappdeckel, den ihm Alexander als Kuschelhöhle und Schutz gebastelt hat. Tschoko wollte einfach nicht hervorkommen.

Wenn er leise pfeift, fühlt er sich wohl, hat mich Alexander vorher aufgeklärt, aber wenn er quietscht und quiekt, hat er Angst. Und: Du mußt viel mit ihm reden, hat er gesagt. Das mag er. Ich habe mich vor den Käfig hingelegt und geredet. Ich habe Tschoko von der großen Wiese, von den Grashüpfern und den Tannenzapfentieren vom Sepp erzählt und daß es ihm auf meiner Wiese gefallen würde. Aber Tschoko hat weder gepfiffen noch gequiekt, er ist nur mausestumm und unbeweglich dagesessen. Nun habe ich vorsichtig den Käfig geöffnet und ihn mit einer frischen Karotte hervorgelockt.

Wir haben uns behutsam einander genähert, und

als er endlich nur mehr eine Fingerlänge von mir entfernt war, hat der Papa urplötzlich die Tür aufgerissen und ein Donnerwetter losgelassen, weil ich längst hätte zu Tisch kommen sollen und meine Spaghetti indessen steif und kalt wie Schuhbänder geworden sind. Da ist der Tschoko wie der Blitz zwischen Papas Beinen hindurchgeschossen und zwar in Richtung Wohnzimmer. Weg war er – der Tschoko. Nicht der Papa.«

»Und wo habt ihr ihn dann wieder eingefangen?« fragt Birgit.

»Erst einmal gar nicht, weil er nämlich verschwunden war. Du weißt ja, wie es in unserem Wohnzimmer aussieht, wenn der Papa dort arbeitet. Wir haben Tschoko zu dritt, auf den Knien rutschend, gesucht und haben dabei in allen Tonlagen seinen Namen gerufen. Aber er war nirgends zu finden.

Nicht zwischen den Stapeln von Büchern und Prospekten, nicht in der leeren Keksdose, nicht zwischen den Socken und dem Tennisschläger und auch nicht zwischen den Toilettepapierrollen und dem Güterzug. Der Papa hat schon wieder seine Spielzeugeisenbahn aufgestellt, und jetzt kann man nur mehr mit einem Hubschrauber von der Tür zum Fenster gelangen.«

»Du hast es gut. Bei uns ist es immer so fad und aufgeräumt«, sagt Birgit.

»Und was war dann?« fragt Onkel Harald und kaut genüßlich an einer süßen, klebrigen Nachspeise.

»Zu allem Pech hat die Mama auch noch einkaufen gehen müssen. Zu unserem Delikatessenhändler, dem rotgesichtigen Herrn Ochotil. Während der Papa bei jedem Nieser gemeint hat, dem Meerschweinchen näher zu sein, hat die Mama uns im Stich gelassen, schnell ihre braune Papiereinkaufstasche geschnappt und ist aus der Wohnung gelaufen. Die Mama hat geglaubt, sie hat eine leere Milchflasche drinnen, aber in der Einkaufstasche ist der kleine Tschoko gesessen, den der braune Papiersack wahrscheinlich an seine Pappdeckelhöhle erinnert hat.

Stumm und reglos vor Schreck ist er in dem hin- und herschaukelnden Gefängnis gehockt und von der Mama ahnungslos ins Delikatessengeschäft befördert worden. Erst dort hat er zu quietschen begonnen, und die Leute haben geglaubt, der Herr Ochotil hat eine Maus im Geschäft.

Die Mama muß wie ein durchs Wasser staksender Storch ausgesehen haben, weil sie vor Schreck plötzlich ein Bein und dann das andere hochgezogen hat. Das Quietschen ist nämlich ganz nah an ihrer Wade erklungen. Die Mama hat uns erzählt, daß sie am liebsten einen Luftsprung gemacht hätte und dort oben in der Luft stecken geblieben wäre, weil sie sich so vor der vermeintlichen Maus gefürchtet hat.

Da hat der Papiersack in ihrer Hand auch noch wild hin und her zu hüpfen begonnen und sich da und dort ausgebeult, und als die Mama entsetzt hineingeschaut hat, hat sie ihren Augen nicht getraut.«

»Da ist der Tschoko drin gesessen«, ergänzt Birgit.

»Armer Tschoko«, sagt Onkel Harald.

»Na, und dann hat jemand den Sack aufgehalten, und die Mama hat das verstörte Meerschweinchen vorsichtig herausgehoben und schützend in ihrem Jackenausschnitt heimgetragen, und der Papa hat beim Anblick des zitternden Tschoko eine Nieskanonade von sich gegeben.«

»Das war ein aufregendes Wochenende für euch beide!« stellt der Onkel fest. »Halt für jeden auf eine andere Art.«

Dabei weiß er nichts von den Läusen.

Aber von denen erzähle ich ganz bestimmt nichts.

Die sind am gleichen Abend gekommen, als Onkel Harald bei uns auf Besuch war. In dieser Nacht habe ich im Bett von Mama und Papa schlafen dürfen. Das darf ich immer, wenn ich zu aufgeregt bin, um einzuschlafen.

Bei Alpträumen, bei Gewitter und bei besonders schönen Ereignissen, wie Onkel Harald eines ist.

Um Mitternacht haben wir endlich das Licht auslöschen wollen. Die Mama hat sich über mich gebeugt, um mir einen schönen dicken Gutenachtkuß zu geben. Knapp vor meiner Nasenspitze hat sie jedoch haltgemacht und starr auf etwas neben meinem linken Ohr geschaut.

»Du …«, hat sie zum Papa gesagt. »Was ist denn das?«

Der Papa hat sich tief über das winzige schwarze Etwas gebeugt. »Eine Laus ist das«, hat er noch ziemlich ungerührt gemeint und die Laus entfernt. »Wahrscheinlich von unserem Zwetschkenbaum.«

Ich bin mit einem Schrei hochgeschnellt, während die Mama weiter mit Entsetzen den Polster fixiert hat.

Da ist eine zweite Laus gekrochen gekommen, dort, wo gerade zuvor Mamas Kopf gelegen ist.

»Die ist von dir!« habe ich hysterisch geschrien. Da ist auch die Mama wie ein Pingpongball hochgesprungen und hat fluchtartig das Bett verlassen.

»Gerade du machst so ein Theater«, hat der Papa zur Mama gesagt. »Am liebsten würdest du doch in einem Baum zwischen Amseln und Eichhörnchen wohnen.«

»Aber nicht zwischen Läusen und Spinnen«, sagt die Mama.

Sicherheitshalber ist nun auch der Papa aus dem Bett gestiegen und hat sich automatisch zu kratzen begonnen.

»Die hast du aus dem Garten raufgebracht!« habe ich die Mama beschuldigt.

»Natürlich«, hat der Papa bestätigt: »Läuse lieben nämlich ungespritzte Zwetschkenbäume!«

»Deswegen kann ich trotzdem kein Gift auf die Bäume sprühen«, hat sich die Mama verteidigt und sich ebenfalls am Kopf zu kratzen begonnen.

»Oder willst du, daß das Gift in deinem Bauch landet?« habe ich den Papa gefragt.

»Daß mein Bett eine Landebahn für Läuse ist, ist mir aber auch nicht recht.«

»Vielleicht hat der Papa auch Läuse?« habe ich die Mama gefragt.

»Seid ihr verrückt?«

Der Papa ist sich erst mit beiden Händen in die Haare gefahren und hat sich dann wild fuchtelnd gegen uns gewehrt, aber wir haben ihm beide den

Kopf abgesucht, und auf dem Leintuch am Bettrand ist der Beweis auf sechs Beinen davongekrabbelt. Auch der Papa war verlaust.

Gleich am nächsten Tag haben wir ein Shampoo gegen die kleinen Biester gekauft und uns gegenseitig damit eingeschäumt. Mit dem Läusekamm haben wir Haarsträhne für Haarsträhne durchgekämmt. Aber am Freitag sind die Läuse noch immer dagewesen. Das Mittel ist ihnen gut bekommen, obwohl auf der Packung: »Wirkt noch schneller – noch gründlicher!« gestanden ist. Aber anscheinend nicht gegen unsere zähen Zwetschkenbaumläuse. Daß die Werbung wieder einmal lügt, habe ich dem Papa gesagt.

Am Freitag morgen habe ich mich geweigert, in die Schule zu gehen.

Alle werden sich vor mir grausen und einen riesigen Bogen um mich machen, habe ich gesagt. Jeder in der Klasse weiß, wie schnell Läuse von einem Kopf zum anderen wandern, das hat uns die Lehrerin einmal erzählt. Ich habe so heftig geweint, daß ich mich verschluckt habe und brechen mußte. Da hat mich die Mama zu Hause gelassen.

»Vielleicht«, hat sie gemeint, »brütest du noch etwas anderes aus.«

»Flöhe etwa?« habe ich entsetzt ausgerufen.

»Sei doch nicht dumm«, hat sie mich zu beruhigen versucht. »Ich meine eine Kinderkrankheit. Man kann ja nie wissen.«

Masern und zweimal Feuchtblattern wären mir lieber gewesen als diese ekligen, kleinen Ungeheuer. Alle anderen in der Klasse würden sie auch kriegen.

Und *ich* wäre an der allgemeinen Verlausung schuld.

»Stell dir vor«, sagt plötzlich Birgit und kostet Onkel Haralds picksüßen Nachtisch. »Am Freitag, als du nicht da warst, ist die Schulkrankenschwester zu uns in die Klasse gekommen und hat unsere Köpfe nach Läusen abgesucht. Der Rainer, die Ulli, der Johannes und der Oliver haben welche. Die Läuse gehen schon seit einer Woche in der Schule um. Kriegst auch welche, wirst sehen. Du sitzt ja neben dem Oliver. Ich hab' jedenfalls keine, weil ...«

Mir bleiben vor Schreck die U-Dong-Nudeln im Hals stecken, und ich muß so stark husten, daß Birgits Satz in meinem Hustenanfall untergeht.

Der Ausflug

»Wir müssen uns bei unserem Zwetschkenbaum entschuldigen«, sagt die Mama am nächsten Tag zum Papa. »Vielleicht hat er Läuse, aber unsere kommen aus Sophies Schule.«

Der Papa hört gar nicht richtig hin. Er läßt komische Laute von sich hören: »Boing, plupp, flupp, blubb, blubb ...«

»Was machst du eigentlich?« frage ich.

»Ich ahme Leute nach. Unsere Agentur soll für Sekt werben und ich stelle mir akustisch vor, wie das feierliche Entkorken einer Sektflasche klingt.«

»Wenn *ich* in einem Aufsatz solche Worte verwende, sagt die Lehrerin gleich: Du liest zu viele Comics. Aber *du* verdienst Geld mit deinem Flupp-Blubb-Plopp!«

»Du weißt sehr genau, daß Flupp-Blubb-Plopp noch lange keine gute Werbung machen. Es ist die Würze in einer guten Suppe. Aber erst muß die Suppe gekocht werden.«

Der Papa hat es mir schon öfter erklärt: Es hört sich in der Werbung alles so einfach an, aber es steckt viel Arbeit dahinter, und man muß originelle Ideen haben. Vor allem muß man sehr viel über ein Produkt wissen, um dann in wenigen Worten die Leute davon zu überzeugen, daß sie dieses und kein anderes Produkt kaufen sollen und schon gar nicht das der Konkurrenz.

Die Mama hat indessen zwei leere Essigflaschen und drei leere Weinflaschen herbeigeholt und stöpselt flink die verschiedenen Korken hinein und reißt sie wieder heraus. Sie macht für den Papa Stöpselmusik, damit er besser texten kann.

»Das ist nett von dir, Floh«, sagt der Papa, »aber Essig ist kcin Sekt, und eine leere Flasche ist keine volle Flasche. Am besten, ihr laßt mich jetzt beide allein.«

»Immer arbeitet der Papa«, beschwere ich mich. »Gehst du einmal mit mir ins Kino, Mama?«

»Weißt du was? Wir gehen am Samstag alle drei. Du willst doch den neuesten Steven-Spielberg-Film sehen. Wir nehmen im voraus Karten, dann brauchen wir uns am Samstag nicht anzustellen.«

»Super!« rufe ich begeistert aus. »Hast du jetzt ein bißchen Zeit, mit mir zu spielen?«

»Tut mir leid, Sophie. Aber morgen kommen zwei Vertreter in die Buchhandlung, und da muß ich mich vorbereiten. Sonst bestelle ich wieder dreimal so viele Bücher, als ich verkaufen kann. Außerdem ... verrate ich dir jetzt etwas: Ich habe vor, selbst ein Buch zu schreiben. Gemeinsam mit unserem Hausarzt. Über gesunde Ernährung und den eigenen Kräutergarten.«

»Wozu denn das? Es gibt doch schon genug gesunde Bücher!« sage ich enttäuscht.

»Meines wird ein besonderes Buch«, sagt die Mama stolz. »Du wirst schon sehen.«

Jetzt wird die Mama noch weniger Zeit für mich haben.

Wenn *ich* groß bin, werde ich bestimmt Fabrikantin von karierter Schokolade in allen Regenbogenfarben für Kinder in aller Welt. Und ich werde viel, viel Zeit für meine eigenen Kinder haben, weil ich die Schokolade von meinen Mitarbeitern herstellen lasse!

Dann rufe ich Birgit an, und wir führen ihren schlafenden kleinen Bruder im Kinderwagen spazieren. Wenn Babys stumm wie Engerlinge in ihre weißen Deckchen gewickelt sind, kann ich sie gerade noch leiden.

Ich soll als Baby furchtbar geschrien haben; das haben mir die Eltern erzählt. Jede Nacht. Und am Morgen haben der Papa und die Mama dann wie Nebelgespenster ausgesehen.

Ich weiß gar nicht, weshalb Onkel Harald dauernd meint, daß ich Geschwister brauche. Ich weiß nur, daß ich einen ganz normalen Papa und eine ganz normale Mama will und keine Nebelgespenster-Eltern.

Und keine zerstreute Mama! denke ich wütend, als wir am Samstag vor dem Kino stehen und der Papa die Mama bittet, die Eintrittskarten herauszunehmen.

Die Mama kramt in ihrer Handtasche. Vor den Kinokassen haben sich bereits drei lange Reihen gebildet. Ich bin froh, daß wir schon die Karten haben. Die Mama zieht die gelben Papierabschnitte hervor und murmelt: »Oh …« und »o Gott …«

»Was ist denn?« fragt der Papa ungeduldig, und ich versuche zu erspähen, was auf den Karten draufsteht.

»Ich habe aus Versehen die Tombolatickets vom

Rosenball eingesteckt«, sagt die Mama leise. »Die sehen aber wirklich genauso aus wie die Kinokarten: gelb mit schwarzer Schrift und ...«

»Das ist ja Spitze!« Der Papa reißt der Mama die Tombolalose aus der Hand. »Es ist zum Auswachsen mit dir! Und wo sind die Kinokarten?«

»In der anderen Handtasche. Daheim.«

»Na prima«, sagt der Papa.

»Kannst du sie schnell holen?« fragc ich. »Bitte!«

»Ich bin doch keine Rakete!« schnaubt der Papa, »wir haben eine Viertelstunde lang einen Parkplatz gesucht.« Dann aber stellt er sich in der mittleren Schlange an. Doch lange bevor er an der Reihe ist, sind die Karten ausverkauft, und ich verwandle mich augenblicklich in eine dunkelrote Wutzwiebel mit mindestens zwanzig Schichten Schale. Es dauert lange, bis ich mich wieder beruhigt habe. Erst als mir die Eltern fest versprechen, am darauffolgenden Samstag einen Ausflug in den neueröffneten Safaripark zu machen, bin ich wieder versöhnt.

Als mich Onkel Harald am Dienstag danach von der Schule abholt, erzähle ich ihm vom Tierpark. Auch er hat vor, mit mir einen Ausflug zu machen, und zwar hinauf zur Mondsteinhöhle. Die Schultasche geben wir Birgit in die Ballettstunde mit.

»Wandern ist ohnehin zu langweilig für mich«, sagt sie.

»Der Papa sagt, in der Mondsteinhöhle hat einmal ein Bär gehaust«, erzähle ich Onkel Harald, als wir gerade einen zackigen kleinen Felsen umgehen, hinter dem ein schmaler Weg in den Wald führt. »Aber jetzt gibt es weit und breit schon lange keine Bären mehr.«

»Das ist schade«, meint Onkel Harald. »Hoffentlich droht den Pandabären nicht ein ähnliches Schicksal.«

Wir stapfen bergauf, streifen durch raschelndes Laub, auf das zwischen hohen Baumstämmen Sonnenflecken fallen. Immer wieder müssen wir tiefhängende Äste zur Seite schieben, damit sie uns nicht das Gesicht zerkratzen.

Wir machen nach einer Weile vor einem riesigen Ameisenhügel halt. Plötzlich muß ich wieder an den Sepp denken und an den Koglerhof, wo ich auch oft den Ameisen zugesehen habe.

Über den Sepp kann ich noch immer nicht reden.

Da entdeckt Onkel Harald in der Ferne, wo der richtige Weg an einer dicken Eiche vorbeiführt, drei Naturschutztafeln, auf denen Pilze, Pflanzen und Tiere abgebildet sind. Mich interessieren nur die Gewächse, unter denen »gefährlicher Giftpilz« steht, z. B. Grüner Knollenblätterpilz.

Aber auch die normal giftigen gefallen mir: die Stinkmorchel und der Satanspilz und der grünblätterige Schwefelkopf. Von den Pflanzen interessiert mich der gemeine Schachtelhalm am meisten. Onkel Harald klärt mich jedoch auf, daß der Schachtelhalm harmlos ist und das Wort »gemein« in diesem Fall gleichbedeutend mit »gewöhnlich« ist.

»Viele Wörter versuchen, einen einfach reinzulegen«, sage ich. »So wie Eau de toilette kein Klowasser ist, sondern eine Art Parfum, stimmt's?«

Onkel Harald lacht.

Plötzlich hält er mich zurück: »Pssst.« Er legt den Zeigefinger an den Mund. »Hörst du?«

Ein leises Knacken dringt an mein Ohr. Und noch eines, diesmal lauter. Der Bär! schießt es mir durch den Kopf. Er ist wiedergekommen!

»Riechst du etwas?« flüstert Onkel Harald.

Ich bin viel zu aufgeregt, um zu riechen.

»Hier muß eine Futterstelle sein«, sagt Onkel Harald und setzt vorsichtig einen Fuß vor den anderen, während ich ihm zaghaft folge.

Jetzt entdecke auch ich sie: drei Rehe, die vor einem heugefüllten Futtertrog gleichzeitig den Kopf heben, als sie uns wahrnehmen. Wir rühren uns nicht von der Stelle, beobachten die Tiere, die nun ebenso stillhalten wie wir.

»Weißt du«, flüstere ich Onkel Harald zu. »Der Papa sagt immer, ich soll im Wald nicht singen, weil sonst auch noch die Rehe aussterben, aber so falsch singe ich gar nicht.«

»Meinetwegen kannst du singen, soviel du willst!«

Da stimme ich einen leisen Ton an, und schon springen die Rehe entsetzt davon.

»Siehst du«, sagt Onkel Harald, »dein Singen hat sie höchstens lebendig gemacht.«

Lama und Löwe

»Ich glaube, du hast einen guten Einfluß auf den Papa ausgeübt«, sage ich zu Onkel Harald, als wir uns der Mondsteinhöhle nähern. »Er ist wirklich mit uns in den Safaripark gefahren. Endlich einmal haben die Eltern ihr Wochenend-Programm eingehalten. Meistens ist es nämlich so, daß die Mama alle möglichen Zeitungsausschnitte sammelt und sie an unsere Steckwand über dem Telefon nagelt. Dort hängen Ausflüge in das Haus des Meeres, Radtouren, Tagesschiffahrten, Zirkusvorstellungen und Stadtfeste. Aber immer kommt etwas dazwischen, und dann ist das Datum, an dem etwas stattfinden sollte, verpaßt, und das Haus des Meeres, die Radtour, das Schiff, der Zirkus und das Stadtfest wandern in den Papierkorb.

»Am Samstag morgen hat es ganz so ausgesehen, als würde der Papa den versprochenen Safaripark abblasen«, beginne ich zu erzählen. Nach der gelungenen Werbung für den Sekt wirbt der Papa jetzt für Marillenmarmelade und nimmt seinen Text wieder einmal mit nach Hause. Drei dicke Marmeladegläser stehen auf seinem Nachtkästchen.

Der Papa kann eben schlecht von seiner Arbeit abschalten, hat mir die Mama erklärt, und ich habe mir so eine kleine Glühbirne in Papas Kopf vorgestellt, die so lange leuchtet, bis er die Lösung für eine

Aufgabe gefunden hat. Bei mir ist das anders. Wenn ich von der Schule heimkomme, habe ich meistens alles vergessen und will nur noch spielen. Höchstens funkt es: »Alexander«, »Birgit« oder »Computer« in meinem Kopf. Und neuerdings auch »Patrick«.

Aber *das* erzähle ich Onkel Harald nicht.

»Wenn ich zu Hause bin, will ich nur spielen«, sage ich laut.

»Du bist ja auch ein Kind«, meint Onkel Harald. »Zum Glück!«

Zum Glück? denke ich. Rechnen müssen ist nicht gerade ein Glück.

Und wenn man geschlagen wird, wie der kleine Junge, ist es auch kein Glück, ein Kind zu sein.

Ein Glück ist, wenn die Lehrerin mich nicht beim Abschreiben erwischt und wenn ich zwischen den Eltern im Bett liegen darf. Und wenn ich meine Nase in Bobos wunderweiches Fell stecke ...

»Wenn man groß ist«, frage ich Onkel Harald, »ist man da nicht mehr glücklich?«

»Doch ... schon ... manchmal ...«

Onkel Harald fährt mit einem kahlen Ast zwischen das grünbraune Laub, zeichnet eine Spur zwischen die Blätter.

»Das Glück kommt nicht von alleine«, sagt er leise, wie zu sich selbst. »Man muß es suchen. – Schau: Da sitzt es!«

Er deutet auf einen winzigen Marienkäfer, der sich auf meiner Hose niedergelassen hat.

»Wünsch dir was!«

Da fliegt der Marienkäfer davon.

»Wie war das nun? Seid ihr doch noch am Samstag in den Safaripark gefahren?« fragt Onkel Harald.

»Auf Umwegen«, sage ich, während wir uns zwischen den kühlen Felsenwänden der Höhle auf dem Erdboden niederlassen. Wir ziehen die Schuhe und die Socken aus und strecken die Füße in die Sonne.

»Also hör zu, Onkel Harald«, beginne ich zu erzählen. »Es ist Samstag früh, sehr früh sogar, und der Papa sitzt auf der Toilette und denkt nach.

‚Wie findet ihr das?' hallt es aus dem stillen Örtchen, auf das die Mama mit ihrer morgendlichen Uhufrisur und ich gerade zusteuern.

‚Schnapp dir ein Glas Parabo mit Marillen, schon kannst du deinen ersten Hunger stillen!' trällert der Papa. Wir sind ja, wie du weißt, seine Kritiker und müssen unsere Meinung sagen. Da dringt bereits der nächste Spruch durch die Tür: ‚Flieg mit Parabo um die Welt, willst du der erste sein für wenig Geld!'

‚Aber wir', schimpft die Mama, ‚werden wieder einmal die letzten auf der Straße sein. Komm bitte endlich raus da!'

‚Wir wollen in den Safaripark', erinnere ich den Papa. Während er sich beim Frühstück die vierte Semmel mit Parabomarmelade bestreicht, bombardiert er uns weiter: ‚Ich vermarilliere dich, ich koche dich ein, ich versüße deinen Tag, ich tauche ein ins goldene Land der ...'

‚Warum sagst du nicht einfach, daß du jeden Morgen vier Semmeln ißt, weil diese Marillenmarmelade super schmeckt', schlage ich vor. ‚Dann könnten wir endlich losfahren.'

Der Papa blickt mich an, als hätte ich soeben ein Zauberwort gesprochen. ‚Du, Sophie, das ist gar nicht schlecht!' lobt er mich. ‚Los, Floh, wir fahren. Auf zur Safari, Cocolina Margarina', ruft er fröhlich aus. Die Cocolina Margarina bin ich. Papas gute Laune ist im Samstagvormittag-Verkehr schnell verflogen.

Ich bekomme im heißen Auto Durst, doch die Mama hat nichts zu trinken mitgenommen. Der Papa fährt den Wagen zwischen zwei Verkehrstafeln: Halten verboten, ausgenommen Zustelldienst, um nicht Zeit mit der Parkplatzsuche zu verlieren. Die Mama wieselt in den Supermarkt. Plötzlich schaut ein großer Kopf mit grüner Uniformmütze zum offenen Autofenster herein. ‚Hier dürfen Sie nicht parken!' sagt der Kopf. ‚Können Sie nicht lesen? Ausgenommen Zustelldienst!'

‚Ich stelle meine Frau zu, sie ist da in dem Supermarkt', behauptet der Papa.

‚Wollen Sie mich auf den Arm nehmen?' wettert der Polizist, sodaß sein gezwirbelter Schnurrbart zittert, und verpaßt dem Papa einen Strafzettel.

‚Schade, daß du ihn nicht auf den Arm genommen hast!' kichere ich auf meinem Rücksitz, während die Mama von dem Vorfall nichtsahnend, stolz kundtut, daß wir soeben Geld gespart hätten, weil sie fünf Flaschen Mineralwasser zum Preis von zwei erstanden hat. Außerdem gäbe es eine Traumreise zu gewinnen, genau wie auf der Packung vom Katzenfutter. Nur nicht nach Amerika, sondern auf die Bahamas. ‚Gratuliere', brummt der Papa, verschweigt aber den Strafzettel.

Auf der Landstraße geht es nur langsam dahin, weil viele Städter das schöne Ausflugswetter nützen. Damit die Zeit im Auto schneller vergeht, lese ich laut die Aufschriften an den Fabriksgebäuden und Einkaufszentren am Stadtrand: Spielzeugland, Happyland, Grabsteinland. Und dann: Möbelparadies, Blumenparadies, Fliesenparadies. Gleich darauf entziffere ich auf einer kahlen Bretterwand in weißer Kreide und zittrigen Buchstaben: KALT IN MIR. ANGST ESSEN SEELE AUF.

‚Wer hat das geschrieben?' frage ich die Eltern.

‚Einer der nicht gut Deutsch kann', antwortet der Papa, aber die Mama hat mich gut verstanden.

‚Das hat jemand als Hilferuf geschrieben, Sophie. Jemand, der sehr allein ist und große Angst hat.'

‚Kann die Angst wirklich die Seele aufessen, Mama?'

In diesem Augenblick muß der Papa notbremsen, weil das Auto vor ihm unvermutet anhält. Kurz darauf entdecken wir den Grund für die plötzliche Bremsung. Eine Igelfamilie überquert zu ungewöhnlicher Stunde die Straße. Und wir entdecken noch etwas: Ein Reifen an unserem Wagen hat keine Luft.

Der Papa flucht, während er geschickt das Rad wechselt. Langsam fluchen wir uns fröhlich, weil ich den dummen Reifen einen Schweinsbraten mit Hühnerkopf und einen doppelten Klobesen schimpfe und wir am Ende alle drei lachen müssen. Die neuen Flüche habe ich von Alexander gelernt, ich kenne noch viel mehr, aber über die würden die Eltern bestimmt nicht lachen.

‚Nimm deine Jacke um', sagt die Mama zum Papa,

weil ein kühler Wind weht, als wir endlich im Safaripark ankommen und aus dem heißen Wagen steigen.

‚Ich bin kein kleines Kind, ich weiß selbst, wann mir kalt ist', sagt der Papa, der es nicht leiden kann, wenn man ihm vorschreibt, was er anziehen soll.

Seine schockviolett gepunktete Krawatte flattert um den Hals und zieht schon von weitem ein friedliches Lama an, das zwischen Ziegenböcken, Hasen, Eseln und Schafen sowie den Besuchern herumtrippelt. Das Lama zielt schnurstracks auf den Papa zu, neigt den Kopf mit den wunderschönen sanften Augen und beginnt an der leuchtenden Krawatte zu knabbern.

‚Heh du!' ruft der Papa aus und versucht den Stoff aus dem triefenden Maul zu ziehen.

‚Das ist ja eine feine Begrüßung', meint die Mama und bemüht sich, durch gutes Zureden und sanftes Wegstoßen des Lamakopfes den Papa zu befreien. Ich schäme mich wieder einmal und möchte in den Erdboden versinken, weil um uns herum immer mehr Leute grinsend die Szene beobachten.

‚So gib ihm doch die Krawatte!' fordere ich den Papa auf. ‚Sie ist ja ohnehin schon halb aufgefressen.'

‚Hau ab', befiehlt der Papa dem sturen Lama, das seelenruhig die schockvioletten Punkte zernagt. Ich biete ihm meine grellbunt gestreifte Bluse an, die ich ohnehin nicht leiden kann, doch es ist weiter scharf auf die Leuchtkrawatte und streckt die Zunge bereits nach dem Stoffknoten aus. Wobei mir scheint, als würde es den entsetzten Papa anlächeln.

Endlich gelingt es der Mama, mit einer Handvoll

frisch gepflücktem und mit Dotterblumen vermischtem Gras das Lama vom Papa und seiner Krawatte wegzulocken.

Hierauf setzen wir den Streifzug im sicheren Wagen fort und erleben eine wunderschöne Abenteuerfahrt zwischen frei herumstolzierenden Kamelen, Giraffen, Tigern und faul um einen gewaltigen Baum liegenden Löwen. Bis einem der Löwen plötzlich einfällt, die Meute zu verlassen und die Straße zu überqueren, auf halbem Weg kehrt zu machen und sich genau vor unserem Auto niederzulassen.

‚Was jetzt'? fragt die Mama nervös.

‚Abwarten', sagt der Papa. ‚Er wird schon wieder weggehen. Außerdem werden gleich noch andere Autos vorbeikommen.'

Aber es ist wie verhext. Die Besucher scheinen sich alle woanders aufzuhalten. Nicht einmal die schwarzweiß gestrichenen Wagen der Parkhüter sind zu entdecken. Langsam beschlagen sich die Autofenster mit unserem Atem.

‚Ja nicht die Fenster öffnen', warnt der Papa, und seine Stimme klingt merkwürdig heiser.

Jetzt wendet der Löwe seinen mächtigen Mähnenkopf und starrt uns durch die Windschutzscheibe an. Wir starren stocksteif zurück.

Plötzlich hupt Papa. Der Löwe zuckt zusammen.

Der Papa hupt noch einmal. Der Löwe schlägt wütend mit dem Schwanz auf die Erde, zeigt seine eiszapfengroßen Zähne.

‚Laß das! Du siehst doch, daß du ihn mit dem Hupen reizt!' sagt die Mama aufgeregt.

‚Hör auf, Papa‘, bitte ich leise.

Da schlägt der Papa mit der Faust auf die Hupe, immer wieder, es ist ohrenbetäubend. Der Löwe springt auf, läßt ein schauerliches Brüllen durch den Park dröhnen und rennt davon.

In diesem Augenblick hat die Angst meine Seele aufgefressen. Ich habe es genau gespürt, weil ich auf einmal nicht mehr da war. Als ich blinzelnd wieder die Augen öffnc, trottet das Raubtier gerade zurück zu seinem Schlafbaum.«

»Aber jetzt«, sagt Onkel Harald, der die ganze Zeit über still zugehört hat, »jetzt ist deine Seele wieder da.«

»Kannst du sie denn sehen?« frage ich.

»Ich kann sie spüren«, meint Onkel Harald und nimmt meine Hand.

Dann besichtigen wir gemeinsam die Höhle, und unsere Schritte ertönen dumpf auf der harten Erde.

»Die Höhle ist groß genug für ein gutes lautes Echo«, sagt Onkel Harald. Als mein Name von den Wänden zurückschallt, scheint es mir, als würden mich die Steine, die Rehe, die Bäume und auch die Pilze und der gemeine Schachtelhalm rufen.

»Sepp!« schreie ich plötzlich in die Höhle hinein.

»Sophie ...«, klingt es überraschend zurück.

Ich hab' mich bestimmt nicht getäuscht.

Ich sehe Onkel Harald an, ob er es auch gehört hat, aber er lächelt nur seltsam.

Abends in meinem Bett denke ich an den Bären, der vor langer Zeit einmal in der Höhle gelebt hat, an die Rehe, die vor meiner Stimme davongelaufen sind, und an das seltsame Echo.

Bobo sitzt im blauschimmernden Licht der Nacht auf meinem Kopfkissen. Er sagt, daß ich das Echo richtig verstanden habe, weil der Sepp gerade in dem Augenblick, als ich seinen Namen gerufen habe, fest an mich gedacht hat.

Das Knoblauchgebiß

Der Papa weiß zwar sehr gut, wann ihm kalt ist und wann er seine Jacke anziehen will, aber er weiß nicht, wann die Grippe trotzdem zuschlägt.

Ein Glück, daß wir die Mama haben, die uns feste Orangen und Zitronen mit feinporiger Schale auspreßt und Lindenblütentee kocht, weil der Papa hustet und niest und mich angesteckt hat. Was wir aber bis heute morgen, bevor die Mama in ihre Buchhandlung gefahren ist, nicht gewußt haben, ist, daß sie abends mit neuen Hausmitteln zurückkommen wird.

Die Ratschläge, die sie an uns ausprobieren will, hat sie sich aus einem klugen Buch in ihrem Geschäft geholt. Erst legt mir die Mama eine Tafel karierte Schokolade auf die Bettdecke, eine der neuen Sorte in Gelb-Blau-Violett. Dann schaut sie nach, ob ich Fieber habe.

»Nicht so schlimm«, stellt sie fest. »Du hast 37.3. Und wie geht es dir, Patient Nummer zwei?« ruft sie zum Papa ins Schlafzimmer.

Der Papa hat sich schnell wieder brav ins Bett gelegt, knapp bevor die Mama heimgekommen ist. Zuvor hat er mit mir Karten und DKT gespielt.

»Ich bin total fix und foxi!« sagt der Papa und niest, daß es durch die Wohnung schallt. Laut niesen kann der Papa gut. Und es hat diesmal nichts mit einem Meerschweinchen zu tun.

»Es wird dir gleich besser gehen«, höre ich die Mama sagen. Sie eilt in die Küche. Dort zerkleinert sie etwas auf einem Hackbrett und brutzelt etwas in einer Pfanne. Wenig später verschwindet sie wieder im Schlafzimmer, und ich vernehme einen Schmerzensschrei vom Papa.

»Aber davon wirst du schnell gesund!« redet die Mama wie auf ein krankes Pferd auf ihn ein. Er soll Knoblauch, den sie in heißem Fett gebraten und in ein Leinentüchlein gewickelt hat, zwischen die Lippen legen, das Fett kräftig durch die Zähne einsaugen und wieder ausspucken.

Die Mama hat dem Papa ein Knoblauchgebiß verpaßt.

Doch der Knoblauch ist viel zu scharf und das Fett viel zu heiß.

Für Kinder ist die Knoblauchkur zum Glück ungeeignet.

Obwohl ich krank bin, geht es mir eigentlich ganz gut.

Der Hals kratzt zwar ein bißchen, und die Nase tropft, aber dafür hat der Papa tagsüber viel mit mir gespielt. Mehr als in einem ganzen Jahr zusammen, und ich habe gleich sechs Eis bei Giorgio ums Eck gewonnen.

Der Papa hat fast bei jedem Kartenspiel verloren und sogar beim DKT-Spielen, wo er doch vom Geldverdienen etwas verstehen muß.

Abends sitzt die Mama länger als sonst an meinem Bett und erzählt mir endlich wieder einmal eine Geschichte vom Jupitermännchen und vom Wuwuwassl, von dem nur wir beide wissen, wer er ist. Als die Mama vor dem Schlafengehen es beim Papa mit Zwiebeltropfen versuchen will, an denen er tief bis in den Bauch riechen soll, streikt der Papa. Da wendet die Mama einen Trick an. Sobald er wie ein kaputter Traktor schnarcht, stellt sie ihm eine mit dampfendem Wasser gefüllte Plastikschüssel dicht ans Bett und mengt das stinkende Zwiebelöl und Kräuterextrakte hinzu.

Weil der Papa aber nachts nichtsahnend aufs Klo mußte, ist er im Halbschlaf und im Halbdunkel in die volle Wasserschüssel gestiegen und hat im ersten Schreck an eine Überschwemmung gedacht. Papas Schreck hat die Mama jedoch nur auf eine Idee gebracht, uns beiden, wenn wir wieder gesund sind, Kneippbäder zu verordnen. Ein uraltes Heilmittel, wo man durch kaltes Wasser stapfen muß, weil es angeblich die Widerstandskraft stärkt.

»Du mit deinen Naturrezepten!« hat der Papa am nächsten Morgen geschimpft. Aber der Mama scheinen sie gut zu bekommen. Sie ist sehr schön und ganz fit durch die Naturrezepte und durch die Gymnastik, die sie daheim macht. Und zwar mit Gewichten an den Beinen und Hanteln in den Händen, sodaß man sich glatt vor ihr fürchten könnte, wenn sie so im Bodybuilding-Stil ihre Übungen macht.

Der Papa meint jedoch, daß das Fitnessturnen höchstens dem Masseur guttut, den die Mama nach dem Turnen braucht, weil ihr alle Muskeln weh tun. Ich habe fest gehofft, daß der Papa nicht schneller gesund wird als ich. Aber der Papa hat mich im Stich gelassen und ist schon am nächsten Tag – bestimmt wegen der guten Kräutertropfen und dem Knoblauchgebiß von der Mama – in die Werbeagentur gefahren und hat an seinem Marillentext weitergebastelt. Er hat – um mich zu trösten – dem Bobo eine Sprechkassette in den Bauch genäht, und Bobo sagt mit mechanischer Stimme: »Gesundheit! Bald geht es dir wieder gut, Cocolina Margarina! Die sechs Eis bei Giorgio warten auf dich. – Ich hab dich lieb, Sophie!«

Aber es ist nicht dasselbe, wie wenn der Papa da ist. Er meint es gut mit dem Tonband, aber Bobo hat sich über das Ding in seinem Bauch beschwert, und ich werde dem Papa beibringen müssen, daß Bobo keine Kassette braucht, wenn er mit mir sprechen will.

Aber jetzt würde ich gerne mit Alexander reden.

»Du, ich habe Schnupfen, kannst du trotzdem nach der Schule zu mir rüberkommen?« frage ich ihn um halb acht Uhr früh am Telefon.

»Wieso trotzdem?« wundert er sich. »Du hast doch nicht die Masern. Ich könnte gleich kommen, wenn du willst, weil wir heute Lehrerkonferenztag haben. Dein blöder Schnupfen ist mir Wurscht!«

Alexander ist nicht die Mama. Die hat immer Angst, sich anzustecken, obwohl sie so viele gesunde Sachen kennt. Aber ihr Schnupfen ist auch immer ein besonderer Schnupfen, ein echter Quälgeist, der aus ihrer Nase eine überreife Erdbeere macht, durch die es erst pausenlos rinnt und durch die sie dann keine Luft bekommt. Außerdem kriegt sie Triefaugen wie ein alter Haushippie und Flecken auf den Wangen wie ein Clown.

Alexander bringt mir aus seiner Luftballonsammlung einen besonders schönen dunkelblauen Ballon mit. »Baldige Besserung« hat er auf die Luftballonhaut geschrieben.

Ich schlage vor, daß wir DKT spielen, weil ich sehen will, ob ich auch gegen Alexander gewinne. Er ärgert sich mächtig, weil er kaum mehr Geldscheine hat.

»Weißt du«, sage ich, »die Erwachsenen haben so einen blöden Spruch, der heißt: Zeit ist Geld. Die müssen immerzu arbeiten, um zu verdienen. Ich hab' soviel Zeit, wie es Kieselsteine und Grashalme gibt, und trotzdem kein Geld.«

»Mir geht's auch nicht besser«, sagt Alexander. »Ich krieg' auch wenig Taschengeld. Dabei muß ich mir fast alles, was ich nicht für die Schule brauche, selber kaufen.«

Es stellt sich heraus, daß wir ungefähr die gleiche Summe von unseren Eltern bekommen. Ich muß mir jedoch nichts dafür kaufen und gebe mein Geld fast nur für kleine Geschenke aus, obwohl die Eltern immer wieder sagen, daß ihnen zum Geburtstag oder zu Weihnachten eine Zeichnung lieber wäre. Aber wie viele Häuser mit Blumen kann man zeichnen?

»Meine Freundin Birgit kriegt ganz viel Taschengeld«, erzähle ich, »und die kauft sich lauter lustige Sachen dafür: farbige Kugelschreiber und witzige Notizblöcke und eine Kassette von Mandy Mo und tolle Anstecker.«

»Da ist bei mir nichts drin«, sagt Alexander traurig.

»Wie heißt *dein* bester Freund?« frage ich, um ihn abzulenken.

»Florian. Aber er ist mit acht Jahren gestorben.«

»Waaas?«

»Er ist mit dem Rad zur Schule gefahren und von einem Auto niedergestoßen worden. Ich war dabei. Ich hab' alles mitangesehen.«

Alexander ballt seine Hand zur Faust. Plötzlich fegt er mit einer wütenden Armbewegung die Geldscheine und die Holzhäuschen vom Spielbrett auf den Teppich.

Erschrocken sehe ich in sein zornig verzerrtes Gesicht.

»Willst du mir davon erzählen?« frage ich leise.

»Nein! Ich mag nicht darüber reden! Komm, spielen wir unser Autobahnspiel.«

»Hier in der Wohnung?«

»Warum nicht? Wir befinden uns auf einem Aussichtsturm. Es ist ein Kontrollturm. Hoch über der Straße. Ich bin der König und du das Krokodil. Los Krokodil! Friß die Autos. Schluck sie alle. Schnell!«

Ich sperre den Mund auf, so weit ich kann, mache schlürfende Geräusche.

»Schneller!« befiehlt Alexander. »Heute darf keiner entkommen. Los! Den da! Den schwarzen Mercedes dort! Und den da und den da und den da!«

Ich fauche und schnaufe.

»Nein!« schreit Alexander. »Nicht das Rad! Das Rad darf durch!«

Gedanken im Bauch

Ich bin mit der maisgelben Ulrike allein. Alexander ist nach Hause gegangen. Das regelmäßige Gleiten des Bügeleisens über die Wäsche ist das einzige Geräusch in der Wohnung.

Wenn die Mama bügelt, haben meine T-Shirts so viele Falten wie die Reliefkarte vom Leithagebirge, die wir in der Geographiestunde hängen haben. Aber die Ulrike kann gut bügeln.

Plötzlich ein schreckliches Geräusch, Bremsen quietschen, ein dumpfer Aufprall. Ich jage hoch, stürze ans Fenster. Ein weißer Kombi-Wagen ist auf ein Sportauto aufgefahren.

Ich sehe ein Bein unter einem Autorad hervorschauen. Doch es ist nur ein Rohr.

»Du zitterst ja«, sagt Bobo, den ich fest an mich drücke.

Hoffentlich kommt die Mama heute schon um fünf heim. Ich will, daß sie da ist und daß ich mit ihr reden kann.

Ich will sie festhalten können.

Die Mama kommt wirklich früher als sonst nach Hause. Sie hat mir ein großes glänzendes Buch über Dinosaurier mitgebracht. Aber die Mama gehört erst mir, wenn wir alle versorgt sind und der Papa den Fernseher eingeschaltet hat.

Sie setzt sich zu mir ans Bett und öffnet das Dinosaurierbuch.

»Weißt du, Mama«, beginne ich plötzlich. »Ich wollte dich immer schon was fragen.«

»Was denn, Sophie?«

»Wie ist das, wenn man stirbt?«

Die Mama erschrickt. »Wieso fragst du das?«

»Weil ich's wissen will.«

Die Mama blickt mich forschend an. Sie denkt nach.

»Man hört auf zu atmen und macht die Augen zu. Aber wie kommst du darauf?«

»So halt. Dann will ich immer die Augen offen halten und fest atmen«, sage ich, um sie zu beruhigen.

»Was du immer für Gedanken im Kopf hast«, sagt die Mama leise und nimmt meine Hände in ihre Hände. »Hat Ulrike mit dir wieder über den Krieg geredet?«

Ich schüttle den Kopf. »Ich hab' einfach nachgedacht. Ich hab' an früher und an später gedacht. Und in der Mitte bin ich.«

»Was heißt denn das wieder?«

»Ich kann mir gar nicht vorstellen, wie es früher war.«

»Wann früher?«

»Na, bevor ich geboren wurde. Als noch nichts da war auf der Welt. Nicht du, nicht ich, nicht der Papa. Niemand. Nicht Bobo und mein Zimmer und die Lampe und das Haus. Nicht einmal die Sterne ...«

»Als noch nichts war, war es dunkel.«

»Und wozu wurde alles erschaffen?«

»Wozu?« Die Mama macht eine lange Pause, hebt die Schultern. »Vielleicht, damit die Welt schön ist...«

»Aber es hat doch keiner wissen können, was schön ist und was nicht, wenn doch noch gar nichts da war!«

Die Mama seufzt. »Gott hat es gewußt. Er weiß alles und beschützt dich.«

Die Mama fährt mir übers Haar. »Kann ich dir jetzt vorlesen?«

»Aber den Florian hat er nicht beschützt!« sprudle ich endlich hervor. »Der ist mit seinem Fahrrad unter ein Auto gekommen. Der ist jetzt tot!«

Die Mama klappt das Buch wieder zu, sieht mich erschrocken an.

»Wer ist Florian?«

»Er ist Alexanders Freund gewesen. Er war acht, als es passiert ist. Und Alexander hat alles mitangesehen.«

Die Mama nimmt mein Gesicht in ihre Hände. »Hat dir das Alexander heute erzählt?«

»Ja.«

»Das muß ein furchtbares Erlebnis für ihn gewesen sein.«

Eine Weile sitzen wir stumm nebeneinander, während mich die Mama festhält und ihre Wärme mich einhüllt.

Dann öffnet sie wieder das Buch, blickt mich prüfend an. »Soll ich dir jetzt ein bißchen vorlesen, damit du auf andere Gedanken kommst?«

Ich will aber nicht auf andere Gedanken kommen, es sind noch so viele Fragen in mir drin, daß ich ganz schwindlig bin.

»Du glaubst doch an Wiedergeburt, nicht wahr, Mama?«

»Ich glaube an ein Leben nach dem Tod. Man kann es auch Wiedergeburt nennen.«

»Und wie wird das sein?«

»Das weiß ich auch nicht, Sophie. Wirklich wissen tut man sehr wenig. Ich kann nur ahnen und glauben.«

»Glaubst du, daß der kleine Vogel, für den sie den Sepp damals beschuldigt haben, ein neuer Vogel geworden ist?« frage ich plötzlich.

»Das kannst du nicht vergessen, nicht wahr?«

»Nein.«

»So einfach vollzieht sich das Wiedergeboren-Werden nicht. Aber ... vielleicht verwandelt sich der kleine Vogel gerade ... Ich hätte damals eingreifen müssen. Etwas sagen, nicht wahr?«

»Ja.«

»Ich weiß.«

»Komm Mama. Lies mir jetzt bitte vor!«

Ein Dinosaurier auf dem Sofa

Irgend etwas kommt mir nicht geheuer vor.

Der Papa hat mir heute die neueste Kassette von Mandy Mo mitgebracht, obwohl ich schon längst wieder gesund bin und gar kein Anlaß für ein Geschenk besteht. Und die Mama hat beim Abendessen angekündigt, mir später eine besonders lange Wuwuwassl-Geschichte zu erzählen.

Ich nütze das günstige elterliche Stimmungsklima aus und berichte von meiner Vier in Rechnen.

Statt sich über die Note aufzuregen, bietet mir der Papa an, jeden zweiten Tag eine halbe Stunde Mathe mit mir zu üben. Das ist mir gar nicht recht, da muß ich mich ja echt anstrengen. Lieber verspreche ich, mich zu bemühen, und hoffe insgeheim auf die Begegnung des Glücks in Form von zwei Rauchfangkehrern, einem Mann mit Hut und einer Taube am Tag der Schularbeit.

Die müssen unbedingt alle gleichzeitig erscheinen, sonst wirkt das Glück nicht.

»Minimausiwutzliputzli«, sagt der Papa plötzlich verdächtig sanft. So nennt er mich nur, wenn er etwas von mir will – »Minimausiwutzliputzli«, beginnt er noch einmal, »wäre es schlimm für dich, wenn wir einmal beide – die Mama und ich – für ein Wochenende fortfahren würden? Selbstverständlich würde für diese Zeit die Ulrike bei dir wohnen. Sie ist einverstanden.«

»Die Ulrike? Was heißt das, sie ist einverstanden? Ihr habt sie also schon gefragt?«

Die Eltern nicken stumm.

»Birgits Mutter kann dich leider nicht nehmen, weil sie schon ein Gastkind bei sich hat.«

»Aha! Die habt ihr also auch schon gefragt. Und mich fragt ihr zum Schluß. Jetzt tut ihr auch noch so, als hätte ich die Wahl!«

»Eigentlich hast du uns beim Meerschweinchen auch nicht gefragt«, erinnert mich der Papa.

»Das kannst du doch überhaupt nicht vergleichen«, wehre ich mich. »Da ist jemand dazugekommen und nicht weggefahren, so wie ihr zwei!«

»Schau, Sophie«, lenkt die Mama ein. »Wir mußten doch erst einmal sichergehen, ob jemand auf dich aufpaßt.«

»Und wieso, bitte sehr, müßt ihr gleichzeitig fortfahren?«

»Weil wir durch Zufall beide zur selben Zeit ein wichtiges Seminar haben. Die Mama in Traunbach und ich in Halmstadt.«

Ich stochere wütend in meinen Spaghetti herum, wickle sie um die Gabel, lasse sie wieder von den Zinken rutschen.

»Ich will nicht, daß die Ulrike kommt!«

»Sei doch vernünftig, Spatzenmaus«, bittet der Papa.

»Ich bin keine Spatzenmaus. Ich bin Sophie!«

»Du bist zwar ein großes Mädchen, Sophie, aber

allein bleiben kannst du noch nicht«, sagt der Papa.

»Dann will ich, daß Onkel Harald zu mir kommt.«

»Das kommt nicht in Frage«, lehnt der Papa sehr bestimmt ab.

»Außerdem«, wendet die Mama ein, »wie stellst du dir das vor? Wer soll für dich kochen?«

»Ich verhungere schon nicht. Ich kann mir Eierspeise zubereiten und Hering-Gurken-Erdbeer-Marmelade-Sandwich, und ich habe meine karierte Schokolade.«

»Das schlag dir aus dem Kopf«, sagt die Mama sehr bestimmt.

»Aber wieso denn?« beharre ich. »Schau dir doch die armen Kinder in Äthiopien an. Das sagst du doch selber immer, Mama. Die haben gar nichts zu essen. Die wären froh, wenn sie ein Heringgurkenerdbeermarmeladesandwich hätten. Oder Eierspeise.«

Die Eltern blicken sich ratlos an.

»Es sind doch nur zwei Tage, Sophie«, versucht der Papa mich umzustimmen. »Ich bring' dir auch was Schönes mit.«

»Es sind zweieinhalb Tage!« Ich durchblicke die Situation haarscharf.

»Sicher fahrt ihr schon am Freitag nachmittag weg, genau wie Birgits Mutter. Aber wenn *sie* auf ein Seminar fährt, nimmt sie Birgit mit. Sogar nach Venedig. Zu den Gondolieri, die extra ein Lied für Birgit singen!«

»Vielleicht kann ich dich das nächste Mal auch mitnehmen, Sophie«, meint die Mama. »Oder ich«, meint der Papa. »Diesmal geht es wirklich nicht.«

Freitag nachmittag stehen zwei gleich große, blauschwarz karierte Koffer im Vorzimmer.

»In dem einen Koffer ist Schmutzwäsche drin«, sagt die Mama. »Bitte Ulrike, ihn bei der Wäscherei abzugeben.«

Die Mama stellt ihr Reisegepäck neben die Wohnungstür. Der Papa fährt wie immer mit seinen scheußlichen Plastiksäcken.

»Die sind viel bequemer und handlicher als ein Koffer«, sagt er wie jedes Mal.

Ich habe zum Abschied mein Traurigkleid angezogen, das dunkle mit der schlappen Masche, die wie eine verwelkte Tulpe am Hals baumelt. Die Mama merkt das Traurigkleid gar nicht, sie ist schon ganz im Reisefieber. Ich erkenne es daran, daß ihre Haare vom Kopf abstehen und ihre Wangen rote Flecken haben.

Die maisgelbe Ulrike ist schon da, ich schnuppere ihren Tapirgeruch, und plötzlich muß ich weinen. Sie schnauft und fährt mit ihrer dicken Runzelhaut über meinen Kopf.

»Wir beide machen das schon, nicht wahr, Sophie?«, sagt sie, während die Eltern geschäftig hin- und herrennen und mir zwischendurch einen Kuß auf die Wange drücken.

»Nicht weinen, Sophie«, sagt der Papa, »mach es uns nicht schwer.«

Ihr macht es mir schwer, denke ich. Aber ich sage es nicht.

Ich versuche, eine große Sophie zu sein und sehr erwachsen, das heißt, ich werde erst schlafen gehen, bis das letzte Bild am Fernseher vorbeigeflimmert ist.

Der Freitag nachmittag geht schnell vorüber, weil Alexander zu Besuch kommt. Leider darf er Samstag und Sonntag wieder bei seinem Vater übernachten, und diesmal leistet mir nicht einmal sein Meerschweinchen Gesellschaft. Jemand hat Alexander die Sache mit der Einkaufstasche erzählt.

»Ich will nicht, daß Tschoko noch einmal beim Herrn Ochotil im Delikatessengeschäft landet!« sagt er.

Ulrike fragt uns, ob wir eine Jause wollen, aber ich habe Alexander versprochen, ihm mein Spezialsandwich zu servieren. Da fällt mir Mamas Auftrag ein.

»Die Mama bittet Sie, den Koffer in die Wäscherei zu tragen«, richte ich der maisgelben Ulrike aus.

»Da schaut aber etwas heraus, das wie ein Schirm aussieht«, stellt sie erstaunt fest, und als ich den Koffer öffne, mache ich große Augen. Dann pruste ich los. Die zerstreute Mama ist tatsächlich statt mit dem Reisekoffer mit dem Schmutzwäschekoffer zum Seminar gefahren.

Für morgen abend habe ich eine Aufgabe bekommen, eine schöne: Ich soll für den Papa einen für ihn wichtigen Film auf Video aufnehmen, und zwar die Verleihung der GOLDENEN DISTEL für den besten europäischen Werbespot des Jahres.

Obwohl der Papa mit mir, was Werbung betrifft, nicht so gute Erfahrungen gemacht hat. Er glaubt, daß ich alles, was die in der Werbung behaupten, wörtlich nehme. Das stimmt aber nicht. Wenn die Leute im Fernsehen verkünden, daß Milch gesund sei und man viel Milch trinken soll, falle ich überhaupt nicht drauf rein.

Damals, als die Sache mit dem Radio passiert ist, war ich ja noch sehr klein.

Da hat einer im Werbefernsehen mit einem Hammer einen Plattenspieler zertrümmert und mit zornrotem Gesicht gebrüllt: »Ich will endlich einen Supersound-Plattenspieler von Oregon haben!« Und als der Supersound-Plattenspieler durchs Fenster hereingeschwebt ist, hat der Mann gestrahlt und seine Frau und seine Kinder glücklich umarmt.

Nun hatten wir damals ein uraltes Radio und der Papa hat oft laut gewünscht: »Wenn der alte Kasten da doch endlich hin sein würde! Dann könnte ich mir ein neues Radio mit Weltempfang kaufen!«

Da habe ich den Fleischklopfer aus der Küchenschublade geholt und auf den alten Apparat eingedroschen, weil ich dem Papa eine Freude machen wollte. Außerdem hatte ich gehofft, daß das Männchen, das im Radio versteckt sitzt und spricht, herauskommt. Das habe ich dem Papa jedoch nicht dazu gesagt, weil er schon wütend genug gewesen ist, als er das kaputte Radio entdeckt hat.

Am Samstag gehe ich zu Birgit und wir dürfen uns die alten Kleider ihrer Mutter ausborgen. Abwechselnd sind wir sehr feine Damen, Clowns und der Begleitchor von Mandy Mo, der super tanzen kann. Birgit tanzt viel besser als ich, es sieht echt gut aus. Als ich wieder daheim bin, ist es draußen dunkel, und auch in mir drinnen ist es ein bißchen dunkel.

Ich rufe Onkel Harald an.

Er meldet sich nicht. Mir fällt ein, daß er ausgerechnet dieses Wochenende ins Burgenland zu Verwandten gefahren ist.

Ich hole mein neues Dinosaurierbuch hervor und lege mich bäuchlings auf das Sofa im Wohnzimmer, während die dicke Ulrike bereits auf dem anderen Sofa Zischlaute von sich gibt und bald darauf schnarcht.

Sicherheitshalber stelle ich ihr zwei Sessel vor die Liege, damit sie nicht wieder auf den Teppich hinunterrollt, wie schon einmal, und sich eine geprellte Hüfte holt.

Dinosaurier sind meine Lieblingstiere, obwohl ich jene Bilder, wo sie einander die schrecklichen Pranken ins Fleisch hauen und sich mit den gefährlichen Zähnen die Haut vom Leib reißen, nur zwischen zwei Fingern meiner linken Hand hindurch anschaue. Aber hinsehen muß ich doch.

Dazwischen drehe ich den Fernsehapparat an und hoffe, daß endlich ein interessantes Programm läuft. Endlich! Auf Kanal sechs zeigen sie einen Trickfilm. Gerade bricht ein schwarzes Monster mit drei glühenden Augen (ob das vielleicht das geheimnisvolle dritte Auge ist?) durch eine violettgelbe Gewitterwolke und kracht auf ein Dach. Das Dach stürzt ein, und schreiende Menschen rennen in panischer Angst aus dem Haus und flüchten in einen sturmgepeitschten Palmenwald. Mit einem Mal ist das Krachen und Schreien verstummt, und sanfte Nebelschwaden ziehen über das Bild. Aus dem Nebel taucht ein friedlicher Dinosaurier mit einem rosa Bauch auf, auf dessen Rücken ein Junge reitet. Er ruft den zitternden Menschen zu, daß sie keine Angst mehr zu haben brauchen. Plötzlich wendet mir der Dinosaurier langsam seinen Kopf zu und blickt mir direkt in die Augen. Mir wird ganz komisch zumute, ein Luftsog holt mich von meinem Sofa weg und hinein in den Palmenwald und setzt mich sanft auf den Rücken des Urtieres, direkt hinter den Jungen. Ich kämpfe gegen das dreiäugige Monster, fliege in eine Wolke und entwurzle Bäume mit der Kraft meiner Hände.

Als der Film zu Ende ist, da ist zu meinem Schreck auch die Verleihung der GOLDENEN DISTEL vorbei. Der Papa wird sich furchtbar aufregen.

Irgendwann muß ich dann auf dem Sofa eingeschlafen sein. Als ich plötzlich durch ein seltsames Geräusch aufwache, ist es im Zimmer stockdunkel, nur das schwarz-weiß flimmernde Rechteck vom Fernsehschirm leuchtet gespenstisch in der Finsternis.

Und noch etwas leuchtet: Es ist groß und rundlich, aber es ist nicht die Ulrike. Es sitzt am anderen Ende vom Sofa und blickt mich an.

»Danke, daß du mich geholt hast«, sagt der Dinosaurier mit dem rosa Bauch. Er sieht beinahe durchsichtig aus, wie aus hauchdünnem Glas und Seifenblasen.

»Wenn du willst, lade ich dich in meinen Riesenpalmenwald ein, damit du einen Vorgeschmack bekommst. Bald wird es nur noch diese Palmen statt eurer Wälder auf der Welt geben, und wir Dinosaurier werden auf die Erde zurückkehren. Ich bin als Vorbote erschienen. Dein Hase Bobo, der ebenfalls aus einem versunkenen Reich stammt, hat mir von deiner karierten Schokolade zu kosten gegeben. Ich hoffe, du bist uns nicht böse.«

»Ich bin froh, daß du da bist«, sage ich, und der rundliche Dinosaurier legt mir sanft seine Pranke auf den Arm. Sie ist leicht wie eine Vogelfeder.

»Wer viel allcin ist, bildet sich allerhand ein«, sagt plötzlich die Stimme der maisgelben Ulrike. Aber ich muß mich täuschen. Kurz darauf schlafe ich schon wieder ein, im Bett, mit dem Dinosaurier an meiner Seite. Ich weiß ganz bestimmt, daß *das* keine Täuschung ist.

Genau wie Bobo echt ist und das Echo »Sophie« gerufen hat.

Im Schloß

Onkel Harald ist nur mehr eine Woche hier. Es ist unser letztes Treffen. Während Birgit in der Ballettstunde ist, lädt mich Onkel Harald zu einer Besichtigung in das nahe gelegene Kaiserschloß ein.

»Ich war auch schon mit Birgit dort«, erzählt Onkel Harald. »Aber ich habe nur einen Teil gesehen.«

Später wollen wir meine Freundin vom Tanzunterricht abholen und gemeinsam auf dem Rummelplatz Abschied feiern. Onkel Harald trägt zwei flache geheimnisvolle Päckchen mit sich, aber er verrät mir nicht, was drinnen ist.

»Folgen Sie mir, Prinzessin«, fordert er mich auf der blumengesäumten Schloßallee auf, »wir statten jetzt dem Kaiser einen Besuch ab.«

Das letzte Stück des Weges bis zu dem prunkvollen Tor hüpfe ich ganz unmajestätisch auf einem Bein von Steinplatte zu Steinplatte. Dabei darf ich auf keinen Fall die Fugen zwischen den steinernen Quadraten mit dem Fuß berühren. Ein kurzer Aufschrei, und ich klammere mich an Onkel Haralds Arm, sodaß wir beide das Gleichgewicht verlieren und genau vor dem Eingang in die Knie sinken.

»Ja sag, was machst du denn da, Sophie?«

»Ich hüpfe Glückshüpfer! Damit der Papa seinen

Werbeauftrag für die Hotelkette in Jesolo bekommt und ich vielleicht mit nach Italien fahren darf.«

Onkel Harald blickt mich verständnislos an.

»Das ist so«, versuche ich zu erklären. »Ich mach' mir in meinem Kopf immer etwas aus. Zum Beispiel, daß ich in der Deutschstunde noch zwei Sätze dazuschreiben kann, bevor die Glocke läutet. Oder: Wenn ich das und das schaffe, geht etwas, was ich mir wünsche, in Erfüllung. Oder: Wenn im Bad gerade fünf Tropfen vom Wasserhahn rinnen, erwische ich noch rechtzeitig die Straßenbahn ...«

»Das ist sozusagen eine Zauberformel«, meint Onkel Harald.

»So ungefähr.«

»Ich hatte als Kind stets einen schwarzen Würfel in meiner Hosentasche. Nahm ich ihn heraus und waren sechs goldene Punkte sichtbar, dann verlief mein Tag gut. Ich glaube, wir sind tatsächlich verwandt!« sagt Onkel Harald.

Im Speisesaal des Kaiserschlosses stehen wir beeindruckt unter dem riesigen Luster und vor dem langen Tisch mit dem wunderschönen Geschirr und den prunkvollen Kerzenleuchtern. Fehlt nur noch das Flackerlicht und das Schloßgespenst, denke ich.

»Den Leuten bei Hof ist es gut gegangen«, sage ich. »Die haben viele Diener gehabt. Ich muß daheim oft den Mist ausleeren. Dabei gehe ich so ungern in den dunklen Keller hinunter. Am allerschlimmsten ist es, wenn der Hausbesorger dort gerade aufkehrt oder etwas repariert. Immer lassen die anderen Leute im

Haus Dreck aus ihren Mistsäcken fallen, und obwohl ich es nicht gewesen bin, hebe ich den Dreck auf, wenn mich der Hausbesorger beobachtet. Der glaubt sonst, daß *ich* all den Mist hab' fallen lassen. Der schaut immer so bös' drein. Ich hab' eine riesige Wut, wenn ich ihn nur von weitem sehe.«

»Wer lächelt statt zu toben ist immer der Stärkere«, bemerkt Onkel Harald sanft. »Das ist eine japanische Weisheit. Übrigens habe ich neulich einer alten Frau zugesehen, die einfach auf der Straße herumliegende Papier- und Plastikfetzen eingesammelt und zu einem Abfallkorb getragen hat.«

Bei dem Stichwort Korb muß ich an den schönen Geschenkkorb denken, den ich und Birgit am Sonntag, als die Eltern wieder einmal verreist waren, angeknabbert haben. Die maisgelbe Ulrike hat Radio gehört und gar nicht mitbekommen, daß es an der Tür geläutet hat.

Erst habe ich vorsichtig durch das Guckloch gespäht und einen jungen Mann mit einer roten Schirmkappe entdeckt. Der hat gerufen: »Extra Zustelldienst für Herrn Oberamtsrat Leibold. Ein Geschenkkorb!«

Es kommt öfter vor, daß jemand irrtümlich bei uns statt bei Herrn Leibold etwas abgibt. Bei dem Wort Geschenkkorb hat mich Birgit in die Seite geboxt.

»Schauen wir, was drin ist«, hat sie mir zugeflüstert.

Ich habe also die Tür geöffnet und den wunderschönen Korb entgegengenommen.

»Ist denn niemand bei euch daheim?« hat der Bote gefragt.

»Mein Vater kommt erst abends«, habe ich geschwindelt.

»Na, unterschreiben kannst du ja, ist ja nur ein Lieferschein«, hat der Junge gesagt. »Bezahlt ist schon!«

»Danke«, haben wir artig im Chor ausgerufen, und als der Bote weg war, den schweren Korb in mein Zimmer geschleift.

Da waren vielleicht Leckerbissen drin! Hochaufgetürmt und vom Allerfeinsten. Und mitten drin als Dekoration haben zwischen den Päckchen und Konserven, zwischen dem Obst und den Weinflaschen Lakritzen gesteckt. Lackschwarze Lakritzen, nach denen Birgit ganz wild ist, die aber für mich nur nach Seife und Medizin schmecken. Ich hab' mich an die münzgroßen rosa und weißen Pfefferminzpastillen gehalten. Selbst als der große Korb weniger schwarz, weiß und rosa geschmückt war, hat es seiner Pracht kein bißchen geschadet.

Wir haben die breite grünseidene Masche zurechtgezupft und nichts von den anderen Köstlichkeiten angerührt. Im Gegenteil, ich habe als Ersatz einige schöne rote Erdbeeren dazwischen gestreut. Dann habe ich bei Leibolds angerufen und mitgeteilt, daß irrtümlich ein Korb bei uns abgegeben worden ist.

»Woran denkst du denn?« Onkel Haralds Stimme erschreckt mich, als wir im Schlafgemach des Kaisers stehen und ich versonnen auf die schwere weinrote Bettdecke starre.

»Ich denke daran, daß ich dieses Wochenende ganz allein daheim war, bis auf die maisgelbe Ulrike, aber die zähle ich nicht«, antworte ich Onkel Harald. Ich berichte ihm von der GOLDENEN DISTEL, die ich versäumt habe aufzunehmen, von Alexander, der mein Sandwich ausgespuckt hat, und von Birgit, mit der ich getanzt habe.

Vom geplünderten Geschenkkorb erzähle ich nichts.

Denn am nächsten Tag hat die Gräfin wutentbrannt angerufen und sich bei der Mama beschwert. Das Delikatessengeschäft hatte für den Geburtstag des Herrn Oberamtsrats garantiert Lakritzen und Pfefferminzpastillen mitgeliefert, und zwar in entsprechender Menge und keine Reste. Lakritzen und Pfefferminzpastillen seien des Herrn Oberamtsrats Lieblingsbonbons. Außerdem bekomme er von Erdbeeren einen Ausschlag, und sie hätte nie Erdbeeren bestellt.

Die Mama hat dem Papa vom Geschenkkorb als Geburtstagsgeschenk erzählt.

»Was?« hat der Papa ausgerufen. »Ein Oberamtsrat hat auch Geburtstag?«

Aber dann haben beide, als alles herauskam, mit mir geschimpft.

Genau wie Birgits Mutter damals wegen der geschwänzten Klavierstunde, nur nicht so lange.

»Wie schnell«, hat der Papa gesagt, »wird aus einem kleinen Schwindel ein Diebstahl.« Und daß man mir nicht mehr vertrauen könne, wenn ich solche Sachen mache.

»Man kann dich doch noch nicht allein lassen«, hat die Mama hinzugefügt.

»Genau«, habe ich gesagt. »Und deshalb müßt ihr mich das nächste Mal mitnehmen.«

»Du bist ja schon ein richtig großes Mädchen!« stellt Onkel Harald nach meinem halben Bericht vom Wochenende fest. »Also ich weiß nicht, was meine Kinder alles anstellen, wenn ich sie allein lassen würde.«

Er beugt sich über eine Vitrine, in der die persönlichen Gebrauchsgegenstände des Kaisers ausgestellt sind:

Pillendosen, eine Pfeife, ein Kamm, eine Nagelschere.

»Diese Dinge sind wirklich interessant, nicht wahr, Sophie?«

Ehrlich gesagt, finde ich die Schloßbesichtigung furchtbar langweilig, aber ich sage es nicht.

»Ich auch«, wispert plötzlich eine Flüsterstimme dicht hinter mir.

Erschrocken wende ich mich um, blicke suchend in die violetten dicken Falten des Vorhangs.

»Hier bin ich«, sagt leise ein unsichtbares Wesen, während ein Lufthauch durch den Vorhang weht. »Ich bin das Schloßgespenst. Würdest du so nett sein und ein Foto von mir machen, damit man endlich glaubt, daß es mich gibt?«

»Willst du ein Foto von mir machen?« fragt Onkel Harald im selben Augenblick und hält mir seine kleine Kamera hin. »Vielleicht hier, neben dem schönen violetten Vorhang mit der Aussicht auf den Park?«

»Ja«, sagt nun wieder das Gespenst. »Ein Foto mit einem Besucher wäre mir noch lieber.«

Dann macht es klick.

»Danke«, sagen Onkel Harald und das Gespenst.

Erst als wir wieder auf der sonnenbeschienenen Allee sind, wage ich Onkel Harald zu fragen: »Glaubst du, daß es Gespenster gibt? Schloßgespenster?«

»Ich bin sogar schon einmal einem begegnet«, sagt Onkel Harald hierauf sehr ruhig.

»Wirklich?« frage ich erschrocken.

»Was ist wirklich?« sagt Onkel Harald, »der Traum, den du nachts träumst, oder der Tag, den du wach erlebst?«

Wir holen Birgit ab, und auf dem Rummelplatz, inmitten des Lärms und der Musik, habe ich das Gespenst vergessen. Ich und Birgit, wir setzen uns auf die Stufen des Autodroms und öffnen gespannt das Päckchen, das uns Onkel Harald soeben überreicht hat. Wir ziehen beide gleichzeitig drei T-Shirts hervor.

»Erinnert ihr euch?« fragt Onkel Harald. »Kauf T-Shirts von Harald Kaiser, und du bist in der Schule weiser!«

»Bei der nächsten Rechenschularbeit ziehe ich glatt alle drei übereinander an«, sage ich.

»Aber ohne Garantie«, meint Onkel Harald und lacht. »Die T-Shirts wirken nur, wenn man im Kopf ein wenig nachhilft.«

Dann nimmt er uns beide um die Schultern, und es ist fast wie am ersten Tag, als wir uns den Onkel geteilt haben. Er kauft uns Zuckerwatte und Maiskolben und Bratwürstchen.

Er schießt jeder von uns eine Rose, mir eine rote und Birgit eine violette. Wir lösen drei Fahrkarten für die Achterbahn, und unser gemeinsamer Schreckensschrei fliegt wieder über die Dächer der Schaubuden und des Ringelspiels.

»Wir wollen nicht, daß du nach Japan zurückfährst«, rufen ich und Birgit aus, als wir mit wackeligen Knien aussteigen und bald darauf den Platz überqueren. Da entdecken wir uns alle drei als dickbäuchige Zwerge mit krummen Beinen und platten Gesichtern im Spiegel eines Lachkabinetts.

»Wenn ich so aussehe wie in diesem Spiegel hier«, sagt Onkel Harald, »dann fahre ich nicht mehr nach Japan. Würde mich ohnehin keiner mehr nehmen.«

»Aber *wir* nehmen dich schon!« Birgit und ich zerren jede an einem seiner Arme, als wollten wir den Onkel zum Abschied endgültig in zwei Hälften teilen.

»Wonach rieche ich?« frage ich beim Abendessen meine Eltern.

»Wieso?« fragt der Papa. »Hast du auch die Katzenwäsche schon aufgegeben?«

Ich wende mich beleidigt der Mama zu. Die nähert ihre Nase meinem Gesicht, meinem Haar, meiner Kleidung, schnuppert an mir wie ein Hase.

»Du riechst nach ... Bratöl«, sagt sie schließlich. »Und nach ... Würstchen und Zuckerwatte vom Rummelplatz ... und ... nach einem Regenbogen!«

»Wie, bitte sehr, riecht ein Regenbogen?« fragt der Papa da erstaunt.

»Ich weiß nicht«, sagt die Mama und zuckt mit den Achseln. »Wie Sophie eben«.

»Hast du das gehört?« frage ich nach dem Abendessen leise meinen Bobo. »Erinnerst du dich? Mia riecht nach Sonne, du riechst nach Glücklichsein, und ich rieche nach einem Regenbogen. Wir passen doch alle ausgezeichnet zusammen.«

Die Traumreise

Schade, daß ich Onkel Harald von dieser Reise nichts erzählen kann, weil er jetzt wieder bei seiner Vanillesonnenbabypuderapfelmandarinenfamilie ist.

Meine Zauberformel im Schloßpark hat gewirkt: Der Papa hat den Werbeauftrag für das Hotel in Jesolo bekommen und sein Versprechen eingelöst: Er nimmt mich diesmal mit. Er hat mir jedoch erklärt, daß eine Geschäftsreise etwas anderes bedeutet als normale Ferien. Es ist eine Art Test, wenn ich mitkommen darf. Was so viel heißt wie: Wenn ich nicht lästig bin, habe ich bestanden.

Die Mama braucht für einige Zeit keine Katzenfutter-Packungen mit der Aufschrift: »Traumreise zu gewinnen« kaufen, denn wir nehmen die Mama mit, auch wenn Italien nicht Amerika ist und der Papa sich gestern schrecklich über sie geärgert hat. Sie hat seinen dunkelblauen Lieblingspullover gemeinsam mit zwei Jeans von mir in die Waschmaschine befördert. In einer der Jeans ist jedoch noch ein Papiertaschentuch gesteckt, und nun ist der dunkelblaue Lieblingspullover vom Papa weiß-grau gepunktet und die unzähligen Papierfusseln sind fest mit der Wolle verwoben.

Am letzten Schultag vor dem verlängerten Wochenende hab' ich mich von Birgit verabschiedet und ihr erzählt, daß ich diesmal auf eine Geschäftsreise mit nach Italien darf.

»Dafür krieg' ich eine Katze«, hat sie geantwortet.

Wieder hat sie etwas, was ich nicht habe.

»Glaubst du, der Papa erlaubt mir eine Schildkröte?« frage ich daheim die Mama. »Die Schildkröte hat keine Haare, von denen der Papa niesen muß.«

»Versprechen kann ich es dir nicht, Sophie, aber ich werde versuchen, den Papa umzustimmen.«

Am nächsten Tag hat der Papa noch seinen Paß vom Paßamt abholen müssen, und ich habe ihn dorthin begleitet.

In der Schlange vor ihm ist ein Mann gestanden mit rabenschwarzem Haar, hochgezwirbeltem Schnurrbart und kohlschwarzen Augen. Die Paßausgabe für Ausländer ist jedoch an einem anderen Schalter gewesen.

Der Papa ist gerne hilfsbereit, doch meistens brauchen die Leute seine Hilfe nicht.

»Du nix hier anstellen, du dort anstellen«, hat der Papa plötzlich mit seiner lauten Stimme zu dem Mann gesagt und zur Nebenstelle gedeutet.

»Ich bin der deutschen Sprache durchaus mächtig, mein Herr«, hat der vermeintliche Ausländer höflich geantwortet. »Ich bin Professor für Geschichte an der Universität. Außerdem bin ich Inländer.«

»Oh, das tut mir aber leid!« hat sich der Papa hastig entschuldigt.

»Mir nicht«, hat der Professor lachend entgegnet. »Ich unterrichte gerne!«

Dann ist es soweit.

Unser Wagen ist vollbeladen mit Plastik- und Papiersäcken aller Größen und Farben, weil ich nämlich mittlerweile Papas praktische Packweise übernommen habe.

»Könntet ihr nicht mit einem ordentlichen Koffer wie normale Menschen fahren?« sagt die Mama ärgerlich.

»Du willst doch nicht im Ernst behaupten, daß wir stinknormal sind!« entrüstet sich der Papa. »Und ordentlich sind wir schon gar nicht!«

Da fällt Mamas Blick auf meine ausgebeulte Tragtasche, aus der zwei Hasenohren, ein Elefantenrüssel und ein Affenschwanz hängen.

»Der Bobo kann meinetwegen mit«, sagt sie. »Aber den Elefanten und den Affen laß bitte da!«

»Auf keinen Fall. Der Affe ist der Freund von Bobo.«

»Und der Elefant? Was ist mit dem?«

»Der ist der Freund vom Affen. Freunde trennt man nicht.«

Die Mama seufzt und stellt eine vollgestopfte Badetasche mit Büchern auf den Rücksitz.

»Mußt du denn so viele Bücher mitnehmen?« staune ich.

Die Mama nickt. »Das sind *meine* Freunde!«

»Legst du bitte meine Mandy Mo-Kassette ein«, bitte ich den Papa, während wir auf der Autobahn dahinbrausen und die Bäume uns entgegenfliegen. Mandy Mos Superstimme dröhnt aus den Lautsprecherboxen, ich lutsche genüßlich karierte Schokolade, der Papa pfeift, und die Mama trommelt den Takt gegen die Scheibe.

Mir geht's prima.

Wieder auf der schmalen Landstraße, zuckeln wir hinter einem mit zischig spritziger Limonade voll beladenen Laster her. Kurve für Kurve quält sich unser Wagen bergauf.

»Ich hab' so Durst, Mama!«

Die Mama reicht mir Mineralwasser nach hinten.

»Pfui! Schmeckt ja scheußlich. Wie warmes Badewasser.«

Die Kurven werden immer enger.

»Mir ist übel, Mama!«

Die Mama trommelt nicht mehr den Takt, Mandy Mo ist verstummt, und der Papa wirft mir im Rückspiegel einen anklagenden Blick zu.

»Jetzt geht's also wieder los«, stellt er fest.

»Was kann ich denn dafür, wenn's so stinkt in deinem Auto!«

Die Hitze ... die Käsebrote ... der Geruch der Autositze ... jedes Mal wird mir schlecht.

»Wann sind endlich die Kurven vorüber? Ich will aussteigen!«

»Aber auf der Achterbahn wird dir nicht schlecht, was?« meint der Papa. »Da kostet es ja auch Geld, das Schlechtwerden, nicht wahr?«

»Das ist ganz etwas anderes!«

Ich kurble wild das Fenster herunter, atme jedoch nur Dieselgeruch ein. Endlich haben wir den Laster überholt, und scharfer frischer Wind schlägt mir entgegen.

»Es tut mir leid, aber es zieht. Einer von euch muß das Fenster schließen«, bittet die Mama.

Der eine bin natürlich ich.

Für kurze Zeit ist es still im Auto.

»Ich muß aufs Klo«, melde ich mich wieder.

»Wir sind gleich bei einer Raststation«, verspricht der Papa.

»Zähl indessen die Tunnels, Sophie«, schlägt die Mama vor.

Aber ich lass' mich nicht ablenken.

»Ich muß aber. Dringend!«

Es dauert trotzdem noch lange, bis wir halten und ich hinter Büschen verschwinden kann. Die Raststation ist noch in weiter Ferne.

Vor dem Hotel öffnet uns der uniformierte Portier beflissen die staub- und schlammbespritzte Wagentür. Sack für Sack stellt er vor dem vornehmen Eingang ab. »E i bagagli?« fragt er. »Und die Koffer?«

»Schon gut«, winkt die Mama verlegen lächelnd ab und deutet auf ihren einsamen, blau-schwarz karierten Koffer.

»Der denkt bestimmt, wir sind von der Müllabfuhr«, raunt sie dem Papa wütend zu.

Und dann ist richtig Italien. In unserem Zimmer mit Meerblick lege ich erst einmal liebevoll Hase, Elefant und Affe schlafen. Der Papa kauft uns auf der Straße ein dreifaches Eis mit bunten Papierschirmchen, und aus den kleinen Cafés dringt fröhlich laute Musik. Es riecht nach Pizza, nach Fischen und nach Meer, und der Himmel ist stechend blau.

Das Eis hat uns durstig gemacht. Der Papa ersteht für jeden von uns ein dickes Stück gekühlte Wassermelone. Wir lassen uns gemütlich auf einer Bank in einem kleinen Park voller Büsche, Papierfetzen und herumliegenden Getränkedosen nieder. Dann schmatzen wir geräuschvoll das rosa Fruchtfleisch, während der süße Saft über Hände und Arme tropft.

»Wir verschlingen unsere Melonen wie die alten Ritter ihre Hühnerkeulen«, stellt die Mama lachend fest.

Da wirft der Papa ganz nach Ritterart die große grüne Melonenschale hinter sich in die Büsche. Ich mache es ihm augenblicklich nach, und sogar Mamas safttriefendes Stück saust hinterdrein.

Ein Aufschrei! Ein bärtiges, wutentbranntes Gesicht, das über den Büschen hochschnellt. Melonenkerne und roter Saft kleben auf der Stirn des Strolches, der uns laut fluchend die Faust zeigt, während wir uns ebenso laut entschuldigen und eiligst davonmachen, mit dem Vorsatz, uns nirgends mehr wie die alten Ritter zu benehmen.

Am nächsten Tag hat der Papa schon sehr früh einen Termin mit dem Hoteldirektor, während die Mama und ich barfuß zum Strand hinunterlaufen. Erst über weichen, kühlen Sand, dann über festen feuchten Boden, und bald darauf spritzt uns Salzwasser ins Gesicht, rinnt an Wangen, Armen und Beinen hinab, und unsere T-Shirts und kurzen Hosen haben ein Meerwasserfleckenmuster. Ausgelassen rennen wir den Strand entlang, gegen den Wind und lassen das Meer auf unserer Haut trocknen. Endlich ist es warm genug, daß wir schwimmen gehen können. Wir planschen und tauchen und prusten wie zwei fröhliche Nilpferde, und ich könnte vor lauter Übermut die Sonne schlucken. Ich buddle daraufhin die Mama im Sand ein und häufe Steinchen und Muschelstücke über ihren Bauch, ihre Beine, Brust und Arme. Die ganze Zeit über sieht mir dabei so ein kleiner Junge in einer froschgrünen Badehose und mit einer Hasenscharte über der Lippe zu.

Die Mama bemerkt es nicht, sie hält die Augen geschlossen und kichert, weil der Sand sie kitzelt. Nur die roten Uhuhaare, die hier im Süden flammend leuchten, sowie Kinn, Wangen, Nasenspitze und Stirn schauen hervor. Jetzt kann die Mama mir nicht davonlaufen. Jetzt habe ich sie ganz für mich.

Manchmal kriechen ohne Vorwarnung komische Gedanken in meinen Kopf und verderben mir ganz plötzlich die gute Laune.

Ich blicke auf den kleinen Jungen. Er grinst.

»Stell dir vor, Mama, ich hätte eine Hasenscharte und wäre ganz häßlich«, sage ich plötzlich leise. »Würdet ihr mich dann genauso lieb haben?«

Die Mama schlägt die Augen auf. »Was du immer für Gedanken hast! Natürlich würden wir dich genauso lieb haben. Vielleicht sogar noch lieber!«

Ich bin enttäuscht.

»Das verstehe ich nicht«, sage ich. »Überhaupt dachte ich, ihr hättet mich total lieb. Lieber geht nicht.«

»Ich hab' mich auch dumm ausgedrückt, Sophie! Natürlich haben wir dich unendlich lieb«, sagt die Mama. »Aber ... wenn jemand krank ist oder behindert oder sonst irgendwie schwach – anders eben –, dann muß man das Liebhaben oft noch mehr zeigen als sonst.«

Ich schweige.

»Verstehst du?« fragt die Mama. »Weil es dem anderen die Kraft gibt, die er braucht, um sein Leben zu bewältigen.«

»Ich habe genug Kraft«, sage ich und drücke der Mama einen salzigen Kuß auf die sandbestäubte Nase.

Da läuft der Junge davon.

Abends darf ich wie eine Erwachsene auf einem Barhocker sitzen und Herr Peppino Ragaloni, der Hotelbesitzer, schenkt mir höchstpersönlich eisgekühlte Limo in ein langstieliges Glas ein.

»Sekt für Fräulein Sophie!« sagt er und zwinkert mir zu.

Am ersten Abend gehen die Eltern mit mir zur gleichen Zeit schlafen. Das heißt, *ich* gehe zu ihrer Zeit schlafen, wir machen sozusagen einen Kompromiß. Am zweiten Abend muß ich dann früher ins Bett, und die Eltern gehen ohne mich aus.

Ich habe etwas Interessantes in unserem Zimmer entdeckt: ein Klokino!

Vom Fenster unserer Toilette kann ich einen Film auf der Leinwand des angrenzenden Freilichtkinos mitansehen. Dazu muß ich auf den Klodeckel steigen, das kleine Fenster so weit öffnen, bis es quietscht, und mich an der Zugkette der Klospülung festhalten. Ich verfolge gerade den Straßenkampf zweier Jugendgruppen auf der Leinwand und bekomme, obwohl ich kein Italienisch verstehe, ganz gut alles mit: die Polizeiwagen, die mit Sirene heranbrausen, Mario und Simona, die flüchten und sich in einer Garage küssen und ganz lange festhalten, sodaß ich spüre, wie kalt der Klodeckel unter meinen Füßen ist. Aber langsam werde ich müde, und schließlich habe ich nicht einmal mehr die Kraft, Bobo von dem Film zu erzählen.

Die Möwe

Am dritten Tag unseres Aufenthaltes kann auch der Papa endlich mit uns am Strand faulenzen.

Der Papa ist ein guter Schwimmer, er schwimmt und taucht wie ein Delphin aus dem Neusiedler See, von dem er als Kind so oft geträumt hat.

Der Papa verschwindet unter Wasser, packt mich unvermutet an den Beinen, und ich schreie, daß man mich bis nach Venedig hören kann.

Da läßt der Papa los, hievt mich auf seine Schultern, und wir waten als doppeltes Meermonster durch hüfthohe Wellen.

»Schau, Papa!« Ich deute auf den Jungen in der Froschhose, der sich ständig in meiner Nähe aufhält.

»Den verjagen wir!« rufe ich zum Papa hinab.

»Was hat dir denn der Junge getan?«

»Nichts. Er ist immer da, wo ich gerade bin, und grinst.«

»Dann lach doch zurück. Oder sag ihm, daß er dir nicht dauernd nachgehen soll. Der sieht gar nicht italienisch aus, der spricht vielleicht deutsch.«

»Ich würde da vorsichtig sein«, erinnere ich den Papa an den falschen Türken im Paßamt.

»Ja, das war dumm von mir«, sagt der Papa. »Aber was man einsieht, kann man wenigstens das nächste Mal besser machen.«

»Ich weiß nicht«, meine ich wenig vertrauensvoll, weil der Papa gerade im Begriff ist, den nächsten Fehler zu machen.

Zwischen zwei auf dem Sand abgestellten Tretbooten kniet ein behäbiger Mann, die Arme vorne aufgestützt, und versucht, seinen massigen Körper hochzustemmen. Im ersten Augenblick sieht es aus, als wäre er hingefallen und versuche, sich mühsam aufzurichten. Da eilt der Papa auch schon hin, greift ihm geschickt unter die fetten Arme und zieht ihn kraftvoll hoch.

Der Dicke schaut den Papa an, als wäre der tatsächlich ein Meermonster. »Ich dachte ...«, beginnt der Papa.

Da platzt der Dicke los. Er lacht, daß die Schweißperlen von seiner Stirne hüpfen.

»Ich ganz okay! Ich machen turnen!« erklärt er. Er trommelt auf seinen Bauch und schlägt zur besseren Erklärung klatschend die Hände über dem Kopf zusammen. »Mille grazie«, sagt er und wehrt dankend mit beiden Händen ab, damit ihm der Papa nicht länger helfen soll.

Aber sonst ist es schön mit dem Papa.

Wunderschön.

Er erzählt mir vom Mond und von der Sonne und vom Meer und wie Flut und Ebbe entstehen. Er sammelt mit mir Muscheln und tote Krabben und winzige Steine, die wie bunte Sternsplitter leuchten. Wir schlendern an den blauen, roten und gelbgestreiften

Sonnenschirmreihen entlang, an rufenden, schnatternden, schnarchenden Menschen, bis es langsam stiller wird und weit und breit weder Schirme noch Liegestühle zu sehen sind.

Vor uns liegt ein breiter Streifen weißgoldener Strand.

»Wir haben soeben Amerika entdeckt!« ruft der Papa aus und zeichnet eine Fahne in den Sand. Als wir über den Strand blicken, der Amerika ist, entdecken wir noch etwas: eine Möwe, die mutterseelenallein auf einem herangeschwemmten, sonnengebleichten Ast hockt. Als wir uns vorsichtig nähern, bemerken wir, daß die Möwe nur ein Bein hat und der linke Flügel schlapp herunterhängt.

Diesmal kommt Papas Hilfe richtig.

Wir wagen nicht, den großen verängstigten Vogel mit den bloßen Händen hochzuheben. »Am besten, wir fragen Herrn Ragaloni, unseren Hoteldirektor, was man tun könnte«, meint der Papa, und wir eilen im Laufschritt zurück zu unserem Strandplatz, wo wir eine aufgeregte Mama, die nach uns Ausschau hält, knöcheltief im Wasser stehen sehen.

Papas Erkennungspfiff läßt sie herumfahren.

»Wo zum Kuckuck wart ihr denn solange? Ich habe schon geglaubt, es ist etwas passiert!«

»Wir haben eine Möwe entdeckt, Mama«, versuche ich zu erklären.

»Na, so ein Wunder!« ruft die Mama aus. »Ich sehe täglich Hunderte.«

»Aber unsere hat nur ein Bein und außerdem einen gebrochenen Flügel.«

»Wir waren doch gar nicht so lange weg, Floh«, entschuldigt sich der Papa.

»Wir haben uns höchstens um eine halbe Stunde verspätet«, sage ich.

»Und wo ist eure Möwe?« fragt die Mama.

»In Amerika«, rufe ich und sprinte hinter dem Papa her in unser Hotel.

Herr Ragaloni, der Direktor, telefoniert erst mit dem Zoo, der jedoch keine aufgefundenen kranken Tiere annehmen darf und uns an die Polizei verweist. Die Polizei wiederum leitet uns an die Tierrettung weiter, wo uns der zuständige Mann durch Herrn Ragaloni sagen läßt, daß jemand an Ort und Stelle neben dem verletzten Tier warten soll, bis Hilfe eintrifft.

»Onkel Harald wäre stolz auf dich«, sage ich zum Papa. »Und ich bin es auch.«

Der Direktor versorgt uns mit einem Lunchpaket, weil es indessen Mittag geworden ist, und wir stapfen gemeinsam mit der Mama über den heißen Sand zurück zu unserer Möwe.

Bobo habe ich schnell mitgenommen, denn er kann den kranken Vogel am besten trösten. Ihn wird die Möwe verstehen. Sie sitzt wie versteinert auf dem morschen Ast, schlägt jedoch, als sie uns wahrnimmt, aufgeregt mit einem Flügel und versucht vergeblich, sich in die Luft zu heben.

»Mein Gott«, ruft die Mama leise aus, »armer Vogel!«

Die Mama bricht ein Stück trockenes Weißbrot ab, nähert es behutsam dem Möwenschnabel. Der Papa versucht es mit einem Salatblatt, doch die Möwe will nicht fressen und wendet den Kopf ab.

Auch ich krieg' keinen Bissen hinunter. Bobo habe ich in den Sand, direkt vor die Möwe, gesetzt. Endlich kommen zwei Männer von der Tierrettung. Sie untersuchen flüchtig die Verletzung des Vogels, der eine der beiden Männer zuckt stumm mit den Schultern, der andere hebt die Brauen. Nun lassen sie mich über die sonnenwarmen Federn streichen. Ich wage sie nur mit den Fingerspitzen zu berühren. Schließlich tragen sie die Möwe in den Wagen.

»Wird sie wieder fliegen können?« frage ich. »Kann sie mit dem einen Bein überleben? Was passiert mit ihr?«

Die Männer von der Tierrettung lächeln mir freundlich zu.

Sie verstehen kein Deutsch.

»Vielleicht können sie unserer Möwe helfen«, tröstet mich der Papa, als der Wagen endlich davonbraust.

Die Mama schaut mich nur an. Sie sagt nichts. Da weiß ich, daß die Möwe sterben muß.

»Muß sie gar nicht«, sagt Bobo plötzlich leise an meinem Ohr. »Was ist denn los mit dir? Du glaubst doch sonst an Wunder? Ich bin doch auch eines, oder?«

Als wir an unseren Strand zurückkehren, gräbt der Junge mit der froschgrünen Badehose gerade einen Sandtunnel dicht vor unserer Luftmatratze. Das ärgert mich.

»So eine Frechheit!« rufe ich aus. »Jetzt hockt der schon auf unserem Platz!«

»Ich fürchte, den wirst du auch nicht mehr los«, meint der Papa. »Seine Eltern sitzen nämlich ab heute neben uns in der ersten Liegestuhlreihe.«

»Mist! Dann wandere ich aus.«

»Du wirst dich wundern, aber der Junge ist schon acht. Er ist gar nicht so ein Baby, wie du denkst. Ich habe heute früh mit seiner Mutter gesprochen.«

»Muß das sein?« Ich ärgere mich über den Papa, der mit jedem sofort ein Gespräch anfängt und ihn bis zum Namen seiner Urgroßmutter ausfragt.

»Ich habe es für dich getan«, behauptet der Papa. »Vielleicht lernst du ein paar Worte Italienisch durch Giorgio, so heißt der Bub. Außerdem: Du willst doch immer Post bekommen. Bitte sehr! Vielleicht schreibt dir Giorgio einen italienischen Brief.«

Manchmal hat der Papa wirklich gute Ideen. Weil doch Birgit immer so mit ihrer schottischen Brieffreundin angibt und mir jedesmal das Kuvert mit den ausländischen Marken vor die Nase hält.

Langsam beginne ich auf der anderen Seite vom Sandberg einen Tunnel zu graben, woraufhin mir Giorgio sofort Schaufel und einen vollen Kübel mit Wasser zur Verfügung stellt.

»Per il canale«, sagt er und gräbt wie ein wildgewordener Maulwurf. Den Kanal verstehe ich. Und was ich in dem Brief von Giorgio nicht verstehen werde, wird mir Oliver in der Schule übersetzen. Er sagt, daß er ein bißchen Italienisch kann. Jetzt muß er es mir beweisen.

»Macht es dir etwas aus, wenn die Mama und ich am Abend eine kleine Schiffahrt machen?« fragt der Papa, als wir später bei Vanille- und Nougateis in einem der kleinen Straßencafés sitzen.

Ich will zwar nicht lästig sein, um den Test zu bestehen, trotzdem kann ich mir die Frage nicht verkneifen: »Und warum kann ich nicht mit?«

»Weil es dann zu spät für dich zum Schlafen wird. Da du dich mittags nicht hinlegen willst, kannst du auch am Abend nicht bis Mitternacht aufbleiben.«

»Wieso? Kommt ihr denn so spät?«

»Es könnte halb zwölf oder zwölf werden«, schätzt die Mama. »Aber du bist ja im Hotel gut aufgehoben.«

»Ich will trotzdem mit. Bitte!«

»Weißt du, Sophie, der Papa und ich würden ganz gerne einmal etwas zu zweit unternehmen«, sagt die Mama.

»Ihr wollt allein sein, ohne mich, stimmt's?«

»Eine nächtliche Schiffahrt ist nichts für dich, Sophie. Aber Papa und ich möchten diesen Ausflug machen. Auch wenn du jetzt wieder beleidigt bist.«

Ich kämpfe mit der Wutzwiebel-Sophie.

»Das ist dasselbe, wie wenn du mit Birgit oder Alexander zusammen bist. Da willst du auch nicht unbedingt, daß wir dabei sind«, sagt der Papa. Er wuschelt durch mein Haar, die Mama wuschelt mit, und am Ende sehe ich aus wie ein Clown.

»Weißt du was?« sagt der Papa, um mich aufzuheitern. »Wir machen unseren Tausend-und-eine-Nacht-Spaziergang. Nur du und ich. Die Mama ruht sich indessen ein bißchen aus.«

Der Papa nimmt mich an der Hand, und wir wandern durch die Straßen und wünschen uns abwechselnd etwas. Nun muß der andere den Wunsch weiterspinnen, bis eine Endlosgeschichte entsteht.

»Ich wünsche mir die rote Lufmatratze da«, beginnt der Papa.

»Auf der fliegen wir mit unserer Möwe nach Amerika«, führe ich den Wunsch weiter. »Und ich wünsche mir die Palme dort.«

»Auf der sitzen wir oben und spucken Kirschkerne hinunter«, sagt der Papa. »Und ich wünsche mir die schwarzen Lackschuhe in dieser Auslage hier.«

»In denen hüpfen wir so hoch wie ein Känguruh«, sage ich, und: »Ich wünsche mir den grünen Super-Schlecker da!«

»Von dem werden wir blitzgescheit«, sagt der Papa, »und ...« Da steht Herr Peppino Ragaloni vor uns.

»Sie sehen beide sehr fröhlich aus!« meint er. »Macht das unsere italienische Sonne?«

»Nein«, sage ich. »Das macht die rote Luftmatratze, die Kirschkernspuckpalme, die Känguruhschuhe und unser grüner blitzgescheiter Super-Schlecker!«

»Ich glaube«, sagt Herr Ragaloni nachdenklich, »ich muß doch noch ein bißchen besser Deutsch lernen. Außer dem Wort Luftmatratze habe ich nichts verstanden!«

Eine Überraschung

Abends, in unserem Hotelzimmer, ist es wie immer. Die Eltern sind ausgegangen, sie machen ihren Schiffsausflug, und ich schaue mir auf meinem Klodeckel zum vierten Mal denselben Film an und entdecke doch immer wieder etwas Neues. Als der Film zu Ende ist, hüpfe ich in mein Bett, kuschel mich neben Bobo, den Affen und den Elefanten und bleibe noch eine Weile wach. Da merke ich erst, wie spät es ist. Halb zwölf.

Ich fürchte mich nicht allein im Zimmer. Es ist mondhell, und es schwebt so ein eigenartiges Blau um mich, wie in der Nacht, als Bobo lebendig wurde. Gleich werden die Eltern kommen. Ich gehe noch ein wenig auf den Balkon hinaus, es ist drückend schwül, das Nachthemd klebt an meinem Rücken.

Vor mir liegt das Meer massig und schwarz, ohne Begrenzung. Über das dunkle Wasser führt ein goldener Glitzerstreifen in einer langen zittrigen Bahn in den Himmel und berührt den Mond. Als ich klein war, dachte ich immer, man könne über den Lichtweg gehen und würde tatsächlich bis hinauf zum Mond gelangen.

Winzige Lichter schaukeln in dem Dunkel. Es sind die Lampen der Fischerboote, die nachts, wenn es still ist, hinausfahren und gegen Morgen zurückkehren.

Das hat mir der Papa heute bei unserem Strandspaziergang erzählt. Heute früh, wo alles so anders, hell und freundlich und warm war.

Er hat mir auch erklärt, daß das Meer sich ganz plötzlich ändern kann und das ruhige Wasser dann zu einem tobenden Ungeheuer anwächst. Unberechenbar.

Ich habe das Ungeheuer heute morgen unter der friedlichen blauen Wasseroberfläche nicht entdecken können, ich habe bis tief unter die Wellen geschaut, aber nur den feinen, geriffelten Sand wahrgenommen. Aber jetzt, jetzt kann ich das Ungeheuer plötzlich wachsen sehen. Himmel und Meer verschmelzen ineinander, ein Wind zieht auf, der mir Gänsehaut bis unter die Haarwurzeln jagt.

Die Lichter weit draußen schwanken, hüpfen, tanzen. Die Wellen rollen plötzlich mit hellen Schaumkronen heran, die sich in böse spitze Zähne verwandeln.

Wo ist das Schiff der Eltern?

Weit und breit ist kein einziges Ausflugsschiff zu sehen, keine Menschenstimme vom Strand her zu hören. Ich bin vom leisen, unheimlichen Pfeifen des Windes und vom Grollen der Wellen umschlossen.

Ich laufe ins Zimmer und hole Bobo. Drücke ihn an mich, drücke mich in ihn hinein. Mich fröstelt. Trotzdem gehe ich wieder auf den Balkon hinaus, um das Schiff, das noch nicht da ist, einfahren zu sehen. Wo würde es anlegen? Wo sind die Eltern überhaupt abgefahren, und wohin sind sie gefahren?

Die Zähne auf dem Wasser sind länger geworden, leuchten gespenstisch, schnappen nach dem dunklen Strand, nach dem Hotel, nach dem Balkon, auf dem ich stehe.

Es ist zwölf. Ich höre Schreie. Der Wind schreit in meinen Ohren, alles um mich herum greift nach mir: die Luft, das Wasser, der Himmel.

Gleich wird mich das brausende Schwarz verschlingen.

Dicke schwere Tropfen klatschen auf meinen Kopf, auf meine Haut.

»Mama!« schreie ich. »Mama!«

Das Heulen des Windes fetzt meine Worte fort.

Das Toben des Meeres löscht meine Stimme aus.

Schon löst sich der Balkon langsam vom Haus, schaukelt in der wirbelnden Luft auf das Meer zu, schwimmt mit mir auf dem Rücken des schwarzen rollenden Ungeheuers mit den tausend Zähnen. Gleich werden sie mich zermalmen, genau wie das Schiff, auf dem die Eltern sind.

»Sophie!«

Ich schrecke zusammen.

»Sophie!«

»Sophie! Um Himmels willen, was machst du bei diesem Wetter auf dem Balkon?«

Ich weine lange in Mamas Bauch hinein, während mich der Papa mit seinen Armen wärmt.

»Wir waren doch gar nicht so lange fort, Sophie«, sagt die Mama leise. »Höchstens eine halbe Stunde länger, als wir gesagt haben. Das Schiff konnte durch den plötzlichen Sturm schwer anlegen.«

»Wie kannst du nur bei so einem Wetter auf dem Balkon stehen«, sagt der Papa.

»Ich hatte solche Angst«, sage ich. »Ich habe euer Schiff gesucht.«

»Dumme kleine liebe Sophie«, sagt die Mama und streichelt lange das Meerungeheuer von mir fort. Erst spät in der Nacht habe ich mich endlich beruhigt. Ich liege mit Bobo zwischen den Eltern, und alle dürfen in unser Bett: der Mond und die Sterne, die Fischerboote und das Meer von heute früh, als es noch freundlich war, die kranke Möwe und sogar – ganz am Fußende – Giorgio in seiner froschgrünen Badehose.

Vor unserer Abreise haben Giorgio und ich Adressen getauscht.

Ich werde ihm auf deutsch und er wird mir auf italienisch schreiben. Meine Briefe wird ihm sein Vater übersetzen, während ich Oliver zur Hilfe habe. Und Birgit wird große Augen machen.

Die Rückreise kommt mir viel kürzer vor als die Hinfahrt. Im Seitenspiegel von Papas Wagen läuft die Landschaft wie ein rückwärts gespulter Film vorbei, und mir wird wunderbar schwindlig. Ein Kirchturm spießt gerade die Sonne auf, und plötzlich entdecke ich etwas Dunkles durch ein Feld hüpfen:

»Schau, Bobo! Ein Hase!« rufe ich aus, und Bobo gesteht mir, daß er gerne wieder einmal auf einer Wiese spielen würde.

»Das sieht ja schlimm aus!« ruft die Mama, als die Autostraße durch einen Wald führt. Zu beiden Seiten der Fahrbahn liegen riesige Bäume wie Urtiere mit gebrochenen und gespaltenen Gliedern hingestreckt. »Hier muß der Sturm ordentlich getobt haben«, sagt der Papa.

»Viele Bäume sind heute nicht mehr stark genug, um Unwettern standzuhalten«, meint die Mama.

»Vielleicht werden eines Tages statt der Fichten und Tannen überall starke Palmen wachsen«, sage ich. »Und die Dinosaurier werden wiederkommen.«

»Aber unsere Sophie wird ewig unsere Sophie bleiben und von seltsamen Dingen träumen!« meint der Papa hierauf und lacht.

Als wir zu Hause ankommen, nimmt der Papa die Post aus dem Briefkasten, und die Mama sieht nach, ob sie diesmal bei einem Preisausschreiben gewonnen hat.

»Da!« sagt sie plötzlich. »Für dich, Sophie.« Sie reicht mir ein blaues Kuvert, auf dem zu meiner großen Überraschung mein Name in schwarzen Blockbuchstaben geschrieben steht. Es ist mit einer italienischen Briefmarke frankiert.

»Was?« murmle ich verwirrt. »Das gibt's doch gar nicht. Giorgio kann mir unmöglich schon geschrieben haben. Dann wäre sein Brief ja schneller als Papas Auto hierher gekommen.«

»Vielleicht ist der Brief nicht von Giorgio«, meint der Papa.

»Aber ich kenne doch sonst niemanden, der mir schreiben könnte.«

Die Eltern beugen sich neugierig über mich, während ich den Brief aufreiße.

»Liebste Minimutzimausisophie!« lese ich laut. »Du hast den Test bestanden. Wir nehmen dich wieder mit.

PS: Obwohl du ein eisverschlingendes Meermonster und ein gefährlicher Sandgräberkobold bist!
Mama und Papa«

Ich mache einen Luftsprung.

»Wann habt ihr den Brief abgeschickt?« frage ich total überrascht.

»Naja«, sagt die Mama. »Gleich am Nachmittag unseres ersten gemeinsamen Ferientages. Da haben wir noch nicht gewußt, daß du dir beinahe eine Lungenentzündung auf dem Balkon holen würdest, nur weil wir eine halbe Stunde später heimkommen. Jetzt siehst du, wie lang so eine halbe Stunde sein kann«, fügt die Mama hinzu und erinnert den Papa und mich an die Möwe.

»Und ... Jetzt nehmt ihr mich also doch nicht mehr mit?« frage ich enttäuscht.

»Doch!« sagt der Papa mit einem Augenzwinkern. »Denn ... wer seine Fehler einsieht, kann es das nächste Mal besser machen, nicht wahr?«

Noch am selben Abend kommt Birgit zu mir, und Alexander ruft an, weil er Licht in meinem Zimmer gesehen hat.

Alexander erzähle ich am Telefon von der verletzten Möwe, vom Schwimmen und vom köstlichen italienischen Eis.

Birgit erzähle ich von der verletzten Möwe, vom Hoteldirektor, der mir an der Bar Sekt in einem langstieligen Glas serviert hat und mit mir angestoßen hat, und von Giorgio. Von Giorgio, den keine Hasenscharte entstellt und der keine froschgrüne Badehose trägt, sondern wie Patrick aussieht, in den nun auch Birgit verliebt ist. Das hat sie mir am Tag meiner Abreise gestanden.

»Und mit Giorgio«, sage ich, »habe ich Amerika entdeckt.«

»Du gibst aber ganz schön an«, meint Birgit.

»Natürlich haben wir nicht echt Amerika entdeckt«, kläre ich sie auf. »Es ist nur ein Spiel gewesen. So wie unser Detektivspiel.«

»Kann ich mir denken«, sagt sie schnippisch. »Aber daß du Sekt gekriegt hast, glaube ich dir nicht.«

»Brauchst es ja nicht zu glauben!« Ich sehe Birgits Gesichtsausdruck an, daß sie nicht sicher ist, ob es nicht doch stimmt. »Und Giorgio wird mir schreiben. Wir werden Brieffreunde«, füge ich hinzu.

»Du kannst doch gar kein Italienisch!«

»Ein paar Worte kann ich schon. Wirst sehen, ich kriege Post! Mit italienischen Briefmarken.«

»Dafür krieg' ich zum Schulschluß meine Katze«, erzählt Birgit. »Eine Angorakatze!«

»Toll!« gebe ich zu. Eine Angorakatze wäre mir noch lieber als ein Brief von Giorgio. Aber wer weiß. Vielleicht bekomme ich beides: ein Tier *und* einen Brief. Auch wenn aus der Katze eine Schildkröte wird.

Am Abend nach der Reise kann ich nicht einschlafen.

Wie immer, wenn etwas Schönes passiert ist.

Als alles still ist und Bobo neben mir seinen Traum

von der Wiese träumt, tripple ich zum Bett der Eltern, zwänge mich sanft zwischen sie. Der Papa ist vom Autofahren todmüde und schnarcht wieder einmal wie ein ratternder Traktor.

Die Mama ist wach genau wie ich. Sie hat die Arme im Nacken verschränkt und starrt an die Zimmerdecke. Ich kann ihr Gesicht sehen, weil der Mond blasses Licht auf das Bett streut.

»Schön war es!« flüstert die Mama. »Der Papa sagt zwar, er hat die meiste Zeit arbeiten müssen, aber ich glaube, es hat ihm auch gefallen.«

»Weil ich dabei war«, behaupte ich. »Deshalb war dir auch nicht langweilig, stimmt's, Mama?«

»Vielleicht fahren wir wirklich einmal nach Amerika«, sagt die Mama leise in die Dunkelheit hinein.

»Würdet ihr mich dann auch mitnehmen?«

Da dreht mir die Mama den Kopf zu.

»Ja«, flüstert sie.

»Kauf wieder Katzenfutterpakete«, sage ich. »Vielleicht gewinnen wir die Amerikareise. Das Futter kannst du Birgit schenken. Die bekommt nämlich eine Katze. Eine Angorakatze. So eine kuschelige ...«

»Keine Angorakatze der Welt ist so kuschelig wie du«, murmelt die Mama und hält mich und Bobo fest umschlungen.

Irgendwann, gegen Morgen, bin ich wirklich in Amerika.

Dort sitzt eine große weiße Möwe am Strand und sagt, daß sie schon lange auf mich gewartet hat.

Kennst du eine ähnliche Familie,
oder sind dir auch schon einmal so
seltsame Dinge passiert wie Sophie?

Dann schreib mir doch!

Meine Adresse:

Evelyne Stein-Fischer
Jugend und Volk Verlag
Anschützgasse 1
1153 Wien